AF485259

KERLY PALACIOS ESCOBAR

NO PUEDO HACERTE EL AMOR

Madriguera

A quienes dolió un amor

A quienes quebraron el silencio

A quienes aceptaron su fragilidad con otro mirar

A ti, valiente.

PRIMERA PARTE

No sé sentir después de aquel día, no.

No vi la comisura de la sonrisa que se te dibujaría,

o el color de tu iris cuando abrieras tus ojos al mundo,

por primera vez,

entre mis brazos cargados de miedo por ser algo o

alguien mejor para ti.

Tus pequeñas manitas presionando con fuerza mi dedo índice

por temor a que me marchase y te dejase, sin saber que

el ser que tomabas se había abandonado desde hacía mucho.

No creciste conmigo, yo crecí contigo, sin saberlo.

El frío de las noches cala sin piedad,

restregándome la cruel verdad;

la mirada perdida no se me quita desde aquel día.

Daría todo por escuchar tu llanto en esos segundos cruciales

donde el amor en esencia dice que tu vida y la mía

se definen en el más hermoso vínculo humano.

Pero no. Nada de eso sucedió.

No estás. No te sostuve como debía.

Y es que si tan solo la historia se hubiera escrito diferente...

hoy al menos sabría lo que es *volver a sentir*.

—¿ME PERMITE ESTA PIEZA, señorita Eunice? ¿O, mejor dicho, señora de Almeida? —Su voz cortés y discreta cerca de mi oído hizo que el tinte rosa subiera a mis mejillas. Negué, divertida, con una sonrisa al escuchar con realce eso último que había dicho. Al final asentí a su petición con cierta sutileza.

Me levanté del elegante sofá que estaba reservado para nosotros en una esquina de la recepción, accedí a su mirada de complicidad —esa que me cautivaba—. Enseguida, colocó su brazo como todo un caballero; lo tomé con una mano mientras que, con la otra, acomodaba mi vestido blanco con cuidado de no ajarlo. Caminamos despacio en dirección a la pista de baile; era inevitable escuchar el resuene elegante de mis sandalias de taco alto sobre el porcelanato marmoleado del lujoso salón. Yo no me lo podía creer aún, parecía un sueño hecho realidad. La decoración del lugar era sofisticada y, conservaba el toque delicado que tanto me gustaba. Había arreglos florales de color pastel en los centros de mesa, bocaditos, listones hermosos y buena música. No podía pedir más.

Los aplausos de los invitados y las demás parejas no se hicieron esperar al vernos en medio del escenario. La banda que estaba tocando nos ambientó con una pieza romántica. En ese instante, empezó a sonar la canción que desde entonces sería nuestra favorita, aquella que quedaría sellada en su mente y la mía por el resto de nuestras vidas: la de *nuestra boda*.

Hicimos una breve pausa. Él me rodeaba la cintura con sus brazos y, mientras posaba mis manos sobre sus hombros, nos empezábamos a mover despacio de un lado a otro, al compás de la suave melodía de Jacob Lee, *I Belong to You*.

—¡Estas hermosa, cariño! —susurró mientras mi rostro se recostaba cerca de su pecho. Sonreí, luego suspiré casi sin darme cuenta. Él me hacía sentir única y eso me encantaba.

Mi mente empezó a recapitular los momentos que habíamos vivido juntos, la forma en que nos habíamos conocido; ese romance que empezó en un avión con destino a la Isla Santa Cruz, Galápagos. Él iba por gestiones hoteleras del negocio familiar con su padre, y yo, por una reunión con el director de la editorial que publicaría mis libros más adelante. En mis planes no encajaba la palabra «amor». Es más, esta había perdido en lo absoluto su significado, o al menos eso creía. No obstante, cuando vi a Valentino por primera vez, mi corazón empezó a palpitar de una forma en que le había prohibido latir por nadie; hubo una conexión invisible y casi inexplicable. Ese día, él buscaba el número de su asiento; lo que no sabía es que su lugar estaría a mi lado. No solo por esa ocasión, sino por el resto de nuestras vidas.

Pese a mi rigidez e intento de seriedad, sus ojos negros detrás de unos lentes de pasta, su sonrisa cálida, su voz varonil y su plática amena invadían mi espacio personal, el cual, aunque yo no entendía por qué, quería compartir con él. Una pregunta llevó a otra, y después a otra. Descubrimos puntos en común, y la atracción física se sentía por parte de ambos. Decidimos intercambiar nuestros números de teléfono porque sabíamos que nuestros caminos se separarían tras llegar a destino. Horas después, me escribió al móvil para invitarme a salir, pero no le tomé tanta importancia; debía centrarme en mis prioridades, así que rechacé la propuesta. En aquel entonces tenía que hacerme cargo de una historia que debía sanar. Sin embargo, un año después, sentí ganas de volverlo a ver; fue algo mágico y repentino. Quise saber de qué iba su vida, así que me armé de valor y retomé la salida pendiente, con una invitación a su celular. Él aceptó enseguida, y, tras la primera cita, me surgieron ganas de seguirlo conociendo, nos escribíamos con más frecuencia. Al poco tiempo empezamos a salir de manera oficial. Por suerte, vivíamos en la misma ciudad y ninguno de los dos había cambiado de número telefónico.

—¿Qué tanto piensas amor? —indagó con una media sonrisa, lo cual hizo que desviara mi atención hacia él.

—¡Eh! Disculpa, cariño. Estaba... —Sacudí mi cabeza para volver al presente.

—¿Estabas? —murmuró mientras seguíamos bailando, a la espera de una respuesta.

—Estaba recordando cómo nos habíamos conocido, lo que hemos vivido… Y aún no puedo creer que hayamos sostenido la promesa, ¡eh! —Él guiñó un ojo pues sabía a qué me refería.

—¿Ah sí? Entonces ven aquí —dijo con una voz tan suave, me acercó más a él, tomó una de mis manos y la llevó hacia sus labios para dejar un beso sobre ella mientras me miraba fijo a los ojos, gesto que me enamoraba más por su dulzura.

—Por cierto, ¡estás guapísimo! —intervine con la intención de sonrojarlo. Él arqueó una ceja y negó con una sonrisa.

—¡Qué dicha la mía poder llamarte mi esposa, al fin! Me alegra tanto haber coincidido en ese viaje contigo, ¡te lo juro! —musitó y me dio una repasada de arriba abajo con disimulo.

—¡Te vi, eh! —Ambos reímos luego de la pillada indiscreta que no pudo ocultar frente a mí.

—Amor, ¿me aguardas un momento aquí? No te muevas —indicó algunos minutos después, mientras se alejaba de mi sitio para avisarles algo a los músicos de la plataforma y al productor de eventos encargado; el sonido se detuvo, noté que las luces se apagaron y solo quedaron encendidas las del centro de la pista.

Todos empezaron a aglomerarse a la expectativa. Entonces, vi que Valentino caminaba despacio hacia mí, y traía consigo un micrófono. Yo no asimilaba aún qué era lo que quería hacer, pues él a veces era imprevisible; así que tan solo me dediqué a disfrutar de su intervención.

Empezó a escucharse música instrumental de fondo para ambientar lo que él estaba a punto de anunciar.

—Eunice, no sabes lo agradecido que estoy con la vida por haberte puesto en mi camino. Y también quiero que todos lo sepan; de verdad les agradezco a cada uno de ustedes por acompañarnos en este día tan especial para nosotros... —expresó al tiempo que miraba al público, pero su vista volvió a enfocarse en mí cuando la pista musical cambió a una que se me hacía muy familiar.

—Esto es para ti. —Asintió. Mi mirada seguía prendada en la suya, un poco intrigada.

Entonces, acercó el micrófono a sus labios, y todo apuntaba a que cantaría la canción que una vez le dije que me gustaría que sonara en nuestra boda, aunque nunca imaginé que sería en su voz: *The rest of my life* de Bruno Mars.

Lágrimas de felicidad resbalaban por mis mejillas al escucharlo cantar. Él era muy bueno en aquello, y en los idiomas ni se diga; el inglés se le daba bastante bien, aunque él prefería dejarlo solo para los karaokes con familiares y amigos cercanos. Cuando iba por el estribillo, entonaba con tanto sentimiento que yo me perdía en su melodía; nuestras miradas se cruzaban casi sin pestañear, tomaba mis manos para acercarlas a su pecho como si me recordase a cada instante que me estaba dedicando esa sentida letra. Luego de que terminó de cantar, me impulsé a sus brazos de un solo movimiento. Él dejó un beso sobre mi frente, yo dejé uno sobre sus labios mientras abrazaba su cintura y él la mía. Si bien es cierto que yo no era tan expresiva —me costaba, de hecho—, pero admito que verlo tan radiante provocaba que mis emociones fluyeran sin más. Los invitados hicieron presentes sus aplausos. Les agradecimos por acompañarnos en esa hermosa velada, y los dejamos de nuevo con buena música y luces bajas para que siguieran disfrutando de la fiesta.

Luego de casi dos horas de tanto bailar, tomarnos fotos y deleitarnos con el gran *buffette*, en lo que Valentino saludaba a sus tíos, fui a la cocina por un vaso de agua. Quería chequear cómo iba todo por ahí, muy aparte de la supervisión de nuestro jefe de banquetes. Entonces, se me acercaron Marta y Antonio, quienes oficialmente ya eran mis suegros.

—Hola, querida, ¿todo bien? —preguntó Marta con amabilidad, mientras afirmaba sus codos en el mesón con delicadeza. Esa noche lucía un vestido de color turquesa conservador, con guantes de seda del mismo tono, un peinado recogido y sus accesorios dorados. Antonio cargaba un esmoquin gris con un pañuelo en su bolsillo del mismo tono que su esposa, un atuendo bastante coordinado y elegante. Me pregunté si Valentino y yo luciríamos así de bien cuando envejeciéramos juntos. Sonreí y me salí de mis pensamientos, dispuesta a responder enseguida.

—Sí, todo bien. Vine por agua y a verificar que todo estuviera en orden por aquí —comenté. Aproveché también la oportunidad y les agradecí por habernos prestado el salón para organizar nuestra recepción con Valentino.

—Era lo mínimo que podíamos hacer, linda. Tú y mi hijo se lo merecen. Cuenta con nosotros para lo que necesiten —expresó Antonio muy cordial. Le agradecí mientras notaba que él tocía de manera discreta, y trataba de girarse para no incomodar.

—¿Se encuentra bien, suegro? —interrogué. Él asintió y se reincorporó enseguida.

—A esta edad nos pasa casi de todo —intervino Marta. Sonreímos los tres al mismo tiempo; según lo que me había contado Valentino, ella tenía cincuenta y dos y él, sesenta años.

—No hay nada de qué preocuparse, todo está bien. Por cierto, Eunice, me alegra mucho que al fin hayan dado ese *sí* con mi hijo —indicó mientras sacaba un pañuelo del bolsillo de su pantalón para secarse la frente. Supuse era por tanto bailar.

—Amo a su hijo como no tiene idea.

—Eso se nota. —Levantó su barbilla con orgullo.

—Y bueno, cambiando de tema, ¿desean algo de comer? Digo, ya que estamos en la cocina —sugerí señalando una bandeja de tartuelas con relleno de pollo y bolitas de carne a nuestro costado.

—Gracias, hija, yo quiero un par —confesó Antonio. Extendió su mano y las tomó de un solo bocado.

—Por mi parte, no, querida. No te preocupes, solo vinimos a avisarte que casi es medianoche, y ustedes ya deben retirarse.

Miré a Marta asombrada tras su comentario un tanto difuso. Mi gesto de alegría se desvaneció por un instante.

—¿Pero por qué si la reunión aún no termina? —cuestioné mientras me llevaba a la boca una tartuela, al igual que Antonio. Luego tomé una servilleta y limpié mis labios con leves toques.

—Porque es tradición que los esposos se vayan antes que los demás. Además, creo que es… —insistía mi suegra, mientras que Antonio negaba con una sonrisa.

—Mujer, déjalos tranquilos. Si ellos no quieren irse, está bien. Los tiempos han cambiado. Son jóvenes; son nuevas reglas, supongo —interrumpió de una manera muy amena y respetuosa.

—No, mi vida. ¿Cómo crees? Valentino debe llevarse a Eunice a medianoche; es tradición en la familia. ¿Lo recuerdas? ¿Qué dirán nuestros invitados cercanos? —Miró a mi suegro, a quien intentaba hacer cambiar de opinión.

Marta era un tanto —por no decir demasiado— exigente con eso de las tradiciones familiares y el «qué dirán», pero lo que no sabían era que Valentino y yo ya habíamos pactado irnos al finalizar la recepción, no antes. Prometimos que nuestros parientes no interferirían en los acuerdos que nosotros hiciéramos, y más aún en temas maritales. Al menos eso creía.

Agradecí la sugerencia mientras tomaba un vaso de cristal y me servía un poco de agua del dispensador, di un par de sorbos, los miré y les dije de forma cortés que su hijo y yo teníamos otros planes. Marta presionó sus labios con un poco de disconformidad por un momento, pero Antonio me dijo que no me preocupara, que ya se le pasaría. Ambos sonreímos. Después de eso, me retiré de la cocina.

«¡Ay, mis suegros! La familia adoptiva que me gané», pensé, divertida.

Por otro lado, Lía y Molly, las incondicionales. Si bien es cierto, yo era hija única, pero ellas siempre me hicieron sentir que nunca estuve sola; eran de esas hermanas favoritas con las que compartía tanto, las que me conocían a la perfección —creo que todos tenemos algunas así—. Sí, mis mejores amigas del colegio. Me dirigí a sus mesas y las saludé con un enorme abrazo a cada una, sabían lo que significaba este día para mí, y me alegraba verlas allí. Empezamos a platicar de todo. Conversábamos de qué tal les había parecido la fiesta, de cómo estaban sus trabajos, parejas y familia en general.

Mientras tanto, observaba de vez en cuando a Valentino, quien bailaba con su hermana menor. Se lo veía tan guapo y apuesto con su traje negro, su porte, su cabello lacio y fino. Su contextura era tan perfecta, tan masculina. Me robaba suspiros.

Tomé una servilleta de tela que estaba sobre la mesa, de manera sutil para agitarla hacia mí y darme más viento. Por alguna extraña razón, empecé a sentir más calor de lo habitual. De reojo, noté que mis amigas se codeaban con disimulo.

—¡Vaya, vaya, alguien no le quita la mirada a su esposo! —bromeaban, y aducían con ideas algo pícaras al ver mi reacción con Valentino.

—¡Yo creo que alguien está muy acalorada, eh! —insinuó Molly con una mirada que logró sonrojarme.

—Seguro es el baile. Después de todo, no he parado; no hasta hace un rato. Así que no me vengan con sus pillerías —respondí con astucia y las miré con picardía.

—Oh sí, digamos que es solo el baile.

—Mmm, no creo. Además, no le has quitado la mirada a tu querido Valen —intervino Lía, y suspiró imitando la voz de una mujer enamorada.

—¡Caramba, chicas! ¡Ya basta! —Reímos todas al mismo tiempo.

Luego de algunos minutos, me despedí de ellas, pues debía atender a los demás invitados. Hasta el momento en que me dirigí al tocador de mujeres, que estaba frente al baño de varones. Fui a darme algunos retoques en el maquillaje, me miré frente al espejo mientras me intentaba tranquilizar con palabras las ganas intensas de... Esto era algo nuevo para mí, porque lo que había ocurrido aquella vez fue...

—¡No, Eunice! Todo será distinto. ¡Valentino es diferente! —me respondí con firmeza, antes de completar la idea que estaba formándose en mi mente.

Acomodé mi cabello a un lado, sin dañar el peinado, y di unas leves palmadas a mi vestido para disimular un poco lo que se había ajado de tanto bailar. Luego, caminé hacia la salida, giré la perilla de la puerta del baño y, para mi sorpresa, vi a Valentino parado frente a mí. Entró con sigilo, me movió de mi sitio con cuidado y me pidió en señas que no dijera nada. Cerró la puerta con seguro.

—Amor, ¡¿qué estás haciendo aquí?! —musité algo curiosa.

—Quería verte y... —Lo soltó con tanta naturalidad que me vi tentada a responder lo mismo, pero me detuve.

Entonces escuché una voz salir de uno de los baños, que nos interrumpió. Al parecer era la de mi tía política; su acento cubano era fácil de reconocer en cualquier lugar.

—¡¿Qué es esto, chica?! ¿Acaso hay un hombre aquí? —cuestionó mientras se acercaba al espejo del tocador un poco confundida. Escondí rápido a Valentino en uno de los baños. Él subió sus piernas al filo del inodoro para que no se notase su pantalón por debajo de la puerta. Caminé con disimulo en dirección al espejo donde ella se encontraba.

—No creo, tía. Seguro es la voz de alguno de los chicos de afuera —dije mientras llevaba mis manos a una oreja y fingía acomodar mis pendientes.

—Mmm, ¡qué raro, hija! ¡A mí me pareció escuchar a un hombre aquí dentro! Pero bueno, de seguro es la edad la que no me deja oír bien. —Sonreímos. En ese rato, mi tía aprovechó para darme un par de *tips* matrimoniales.

—¡Muy lindo el detalle del *mushasho* con esa canción en inglés! —Asentí, con una amplia sonrisa.

—Dímelo a mí, tía. La verdad, no me lo esperaba. Pero eso definitivamente me encantó.

—Me imagino. Por cierto, hija, estás bellísima, ese vestido resalta perfectamente tu silueta.

—Gracias tía. ¡Tú no te quedas atrás eh! —Afirmó con su rostro muy segura a mi halago.

—Radiantes siempre; ya luego me cuentas si se porta bien el jovencito, si no me avisas para jalarle las orejas y mandarlo con Fidel. —Frunció el ceño y luego soltó una carcajada.

—Descuida, tía. Todo estará bien. —Negué y sonreí guiñando un ojo. Abrió su cartera de mano, al parecer la estaban llamando a su celular; pidió disculpas, se despidió y se retiró del sitio. Asentí con la tranquilidad de que al fin Valentino podría salir de allí.

Revisé los cuatro cuartos de baño, por si alguien más se asomaba, y me dirigí a la puerta para poner el seguro de inmediato.

—Amor, ya puedes salir —avisé mientras me paraba fuera del cubículo en el que estaba.

—Mmm… ¿Así que te gustó la canción? —Abrió la puerta a la espera de mi respuesta. Negué.

—¿Cómo que no? Al menos eso no escuché que le dijeras a tu tía hace un momento.

—No me gustó cariño, ¡me encantó! —exclamé con ternura y acaricié con mis manos sus suaves mejillas. Ambos sonreímos. Al rato lo volteé para retirarnos del baño, y lo empujé despacio en dirección a la puerta de salida. Yo iba detrás de él, un poco preocupada de que nos vieran aquí.

—Amor, camina más rápido. No estaría bien que nos encuentren juntos en el baño de damas. Tú sabes que cualquiera puede pensar que... —Aún no completaba la frase, y enseguida detuvo su andar. Se giró hacia mí, mostrando una mirada insinuante y coqueta que hacía que su ceja se enarcara tanto como me gustaba. Yo, un tanto nerviosa, me detuve, pero sus pasos firmes en mi dirección hicieron que yo retrocediera a su cercanía, al punto de tropezar con el límite de la pared del tocador sin darme cuenta.

—¡Valentino, aquí no! ¡Mira que alguien nos puede descubrir! —Reaccioné mirando a todos lados.

—¿Aquí no qué? ¿Acaso sabes lo que haré contigo, señora de Almeida? —advirtió con un susurro demasiado provocativo cerca de mi oído, lo que me hizo erizar la piel. Su pregunta tenía lógica.

Después de haber sostenido la promesa de esperarnos hasta el matrimonio para consumar nuestra relación, me dije: «¿por qué no?».

Mi respiración se volvió un tanto inestable. Tenía recelo de que alguien tocara la puerta y nos interrumpiera.

«¿Por qué es casi imposible decirle que no al amor de tu vida, incluso al punto de hacer cosas que jamás imaginaste hacer?».

—¡Ven, cariño! Ya estamos casados, ¿no? —indicó con ímpetu, rodeó mi cintura y me presionó a su cuerpo de un solo movimiento. Sus labios se curvaron con una sonrisa tentadora.

Sin duda, la promesa de esperarnos hasta la luna de miel tuvo su límite. Entonces, fue allí donde pude entender por qué mi suegra casi que nos echaba de la recepción. Quizá ella lo había vivido de igual forma con la famosa «tradición». Sin embargo, en mi caso, esto era más que eso; era saber si estaba lista para volver a confiar en alguien... *por amor*.

—Valen, yo no sé si sea el momento y el lugar. Y si... —propuse a medias. Él posó su dedo índice sobre mis labios.

«Mierda, eso sí que me ha puesto *hot*», pensé.

Acarició mis mejillas y se acercó despacio para morder mi labio inferior con suavidad. Cerré los ojos para dejarme llevar. Mis hormonas empezaron a perder el juicio conforme pasaban los segundos.

Me solté de su agarre por un momento.

—¡Entonces, vámonos de aquí! —expresé sin más, con mi mirada fija a la suya. Él asintió, esbozando sensualidad al mojar sus labios cerca de los míos.

—En un par de minutos, sí —susurró mientras, sin notarlo, mis manos ya estaban soltando el nudo de su corbata. Él empezaba a besar mi rostro de una forma tan sublime y cautivadora. Me sentó sobre el bordillo del tocador sin dejar de besarme, mientras acariciaba despacio mi pierna, haciendo que mi vestido subiera y...

—¡Te deseo tanto! —repetía y bajaba hasta mi cuello, el que recorría despacio con besos apasionados.

—¡Valentino!

—Sí, amor.

—Yo también te deseo —confesé.

—Me encantas —murmuró, y esto se volvió un detonante para excitar mis ganas de poseerlo enseguida.

Y de pronto, escuchamos que tocaban a la puerta y preguntaban si alguien estaba allí. Abrí mis ojos con sorpresa. Nos detuvimos, él soltó un bufido.

—Valentino, espera. ¿Y ahora cómo salimos? ¡No te pueden ver aquí! —exclamé. Arqueó una ceja, aquella que me encantaba ver cuando una locura asomaba por su mente.

—Confía en mí. —Retrocedió y arregló su corbata mientras yo acomodaba mi vestido blanco corcel y avisaba que en un momento salía.

Abrí la puerta pensando en qué podía inventar. Valentino se colocó detrás, pero la invitada me ahorró la explicación al entrar enseguida con una niña pequeña y el celular en la mano, sin voltear a vernos; al parecer, estaba en una llamada.

Y pues, bueno, después de todo la idea no había sido tan creativa, pero al menos sirvió para que Valentino saliera rápido de allí. Lo que me sorprendió fue que se volvió sobre sus pasos. Asombrada lo miré como quien pregunta «qué pasó», y resultó ser que quería avisarme que nos veríamos cerca de la salida del salón para concluir eso que apenas empezábamos en el *toilet*. Dibujó en mí una sonrisa pícara y se marchó.

Caminé frente al espejo una vez más para retocarme, no quería que se notase lo que acababa de pasar, por si me encontraba con alguien afuera. Salí rápido del lugar un poco nerviosa, pero a la expectativa de lo que pasaría entre nosotros más adelante.

***

Al rato, me despedí de mis padres y de mis suegros, quienes nos pescaron cerca de la salida. Nos retiramos casi sin ser vistos por los demás invitados. Valentino tomó mi mano y, mirando a todos lados como quien huye de algo, me indicó la ruta por la que debíamos ir. La habitación máster para nuestra noche de bodas ya estaba reservada en el piso nueve. «¡Se conoce tan bien este lugar!», deduje. Él lo administraba y su padre era el dueño. Tomamos la puerta trasera del salón, que conectaba con el ascensor; el marcador de pisos con luces doradas alrededor de los números anunciaba que ya se estaba aproximando a la planta baja. Mi corazón latía con desenfreno hasta que llegó el momento. Las puertas se abrieron, entramos rápido y él presionó el botón rojo del número nueve para subir. Me miró de una forma tan diferente, podía jurar que nunca lo había visto así; yo siempre evitaba los momentos pasionales, no quería traer a la mente nada que me recordara a ese doloroso pasado.

En fin, tomó mi mano y besó mis nudillos de una forma tan sensual. Lo miré y me perdí por unos segundos en sus bellos ojos negros, los que tenían un brillo sin igual. Escuchamos un leve pitido, las puertas del ascensor se abrieron, salimos caminando por el largo pasillo de luces tenues, elegantes alfombras y lámparas lujosas. Estaba un poco nerviosa, pero quería que esto pasara con Valentino; quería que esto pasara por primera vez.

Sacó una llave del bolsillo de su pantalón.

—¡Así que ya la tenías lista, ¿eh?! —indiqué con algo de curiosidad. Sonrió.

Entramos con discreción. Me dio paso unos segundos, encendió las luces bajas y ambientó la habitación. Cerró la puerta con seguro, yo me quedé a un costado y sonreí cuando volteó a buscarme.

—¡Acá estoy, caballero! —Agité mi mano, como quien dice «presente». Él acercó las suyas a mi rostro y dejó un beso sobre mis labios, algo que me hizo soltar un poco los nervios. Por un momento, dudé de lo que estaba haciendo, por miedo a mis inseguridades. Pero, ante aquello, abracé su cuello con lentitud, y traté de disiparlas y recobrar valor. Nos quedamos en silencio por unos segundos, luego, quitó sus lentes de pasta negra y los dejó sobre el recibidor.

—Te amo —susurró, y yo sonreí aterrizándome al presente mientras cerraba mis ojos despacio para disfrutar del beso que se aproximaba una vez más, de sus suaves y finos labios.

Él me acercó despacio a la pared e hizo un elegante movimiento al aflojar el nudo de su corbata. ¡Se lo veía tan sexy! Su cuerpo y el mío sentían la intención de quererse hacer uno solo.

Me hizo un camino de besos en el rostro una vez más; terminaban en mi boca, mientras tanto desabotonaba su camisa blanca manga larga dejándome ver su esculpido cuerpo, tan bien trabajado, tan perfecto, su abdomen ya era mi debilidad. Yo intentaba desabrochar la parte de atrás de mi vestido, pero detuve el beso tras mi torpeza.

Ambos sonreímos. Arqueó una ceja e intervino.

—¡Déjame y yo lo hago por ti! —propuso en voz baja, con lo cual me convenció. Asentí.

—¡Te amo, cariño!

—Y yo a ti, mi Eunice.

Sentí cómo escurría despacio el cierre de mi vestido y me dejaba en una lencería color blanco, con medias de nylon y encajes delicados alrededor de mi cadera y piernas.

—¡Se te ve tan sensual! —exclamó deslumbrado y me dio una repasada de arriba abajo mientras mi vestido se terminaba de caer al piso. Mis manos se posaron en él y acariciaron su pecho desnudo.

Sonreí a su cumplido. Luego me sorprendió cargándome entre sus fuertes brazos para llevarme al lugar donde consumaríamos lo que tanto soñábamos.

Nuestras miradas penetrantes no se desvanecían en lo más mínimo. Me sentó en el borde de la cama con cuidado. Mientras desabrochaba su cinturón de cuero y se retiraba el pantalón, me quité las sandalias de taco alto y mis pendientes aperlados. Ver a Valentino así de... No sé, un fuego intenso invadía todo mi ser.

Miré hacia la pequeña mesa que estaba a un costado de la cama. Había un ramo hermoso de rosas rojas y, a su lado, una bandeja de acero con cubos de hielo para enfriar la botella de *champagne*. Contábamos con servilletas de tela color blanco y cintas beige, un par de copas y, al otro costado, una nota que decía: «Con amor, Valentino».

Enseguida sentí sus manos rodear mi cintura, cosa que robó mi atención hacia él. Tomó mi mano y la besó.

—¿Te gustó la sorpresa?

—Claro que sí, amor.

Lo abracé fuerte desde mi sitio. Él estaba sentado sobre sus talones frente a mí, cargaba un ajustado bóxer; las sábanas blancas y los pétalos de rosas hacían cálido y romántico el momento… El aroma de su piel. Las ganas en mí renacieron; quería entregarme a él *por primera vez*.

—Ven —dije entre dientes mientras él me recostaba despacio. Su mirada no se desprendía de la mía; era una conexión tan mágica, como si nos estuviéramos diciendo tantas cosas en solo un par de segundos.

Empezaron los besos lentos y cálidos, sus manos acariciaban mis brazos subiendo hasta mi cuello despacio, como si me reconociera suya. Se fue colocando encima de mí poco a poco, mis manos no dudaron en abrazar su espalda, y acariciarla con ternura. Los minutos pasaban y los besos se intensificaban.

—¡Te amo, Eunice! —susurraba mientras besaba mis hombros desnudos, lo cual me hizo ladear la cabeza sobre la almohada; mi respiración se empezaba a precipitar.

—¡Te deseo! —Eso fue un elixir a sus oídos, tanto que empezó a acelerar su cuerpo, y me dejó sentir su erección cerca de mis piernas.

—¡Qué bien se siente! —empezó a desprender los tirantes de la lencería que adornaba con sensualidad mis caderas.

—¡Estás hermosa! —Soltó un gemido demasiado obvio, para que yo lo notara.

Sonreí, me acerqué a sus labios y los mordí despacio.

—¿Sigo?

—¡Sí! —insistí. Sus besos se hacían más y más ardientes, yo los correspondía de la misma forma; la pasión se empezaba a adueñar de nuestra cordura. Su lengua entraba en mi boca bailando despacio. El olor de su piel ya era mi fragancia favorita. Mis piernas rodearon su cintura con lentitud, cerré mis ojos para vivir el instante. Le rogaba que no se detuviera, estaba experimentándome en otro universo, mi cuerpo reconocía las señales del suyo, hacíamos un *match* tan perfecto.

—¡Eunice, mi amor, quiero hacerte mía! —susurró con excitación. Su respiración acelerada denotaba el deseo a punto de consumarse y querer entrar en mí... Pero, entonces, abrí mis ojos al escucharlo decir eso último. Vinieron recuerdos a mi mente y...

—¡Espera! —exclamé. Él abrió sus ojos despacio, hizo caso a mi petición, y se detuvo.

—¿Qué pasó, amor? —quiso saber. Yo callé y solo lo miré.

—¿Lo estoy haciendo mal? —cuestionó, preocupado. Negué.

—Entonces ¿por qué te detuviste así tan de golpe? Vi cómo lo estabas disfrutando.

—¡No, Valentino! Es solo que...

Hice una pausa, él tenía la mirada más complaciente del mundo.

—Vamos, dime qué sucede… —musitó con ternura.

—¡Amor, solo no lo hagas! Por favor.

—Eunice, te amo y quiero que te sientas cómoda, deseo que lo disfrutes tanto como yo. Si tienes algo que decirme, solo hazlo. Somos amigos, ante todo, ¿no?

—¡Valentino, discúlpame! —Lo empujé despacio para retirármelo de encima. Me dirigí al baño rápido. Él quedó confundido en su sitio.

Cerré la puerta con una extraña sensación de miedo, me miré en el espejo y me reproché el mal rato que le acababa de hacer pasar a mi esposo, y por arruinarme la noche de bodas que había imaginado por tanto tiempo.

—¿Qué te sucede, Eunice? —me dije en voz baja—. Lo otro es cosa del pasado, Valentino es tu presente. Debes decírselo, confiar en él —me refutaba en la mente, mientras presionaba con dureza mis labios, sentía que la cobardía me ganaba.

—¡No, no! —un par de lágrimas corrían por mi rostro. Intenté secarlas pero, entonces, escuché toques leves en la puerta.

—Amor, ¿te encuentras bien?

—Ehmm, sí. Descuida, ya salgo —expresé mientras me soltaba el cabello. Tomé un poco de papel toalla y me sequé rápido las lágrimas.

«Vamos, Eunice. Tú puedes hacerlo. Valentino te ama, eres capaz de demostrarle que eres la mujer de su vida», me aseguré.

Giré la manija de la puerta, tomé un respiro, cerré mis ojos y los abrí despacio antes de salir. Entonces él estaba allí, frente a mí; se había puesto su bóxer gris. Arrimó un brazo en la pared y dejó relucir en su mirada la preocupación.

—¿Todo bien? —preguntó. Asentí y tomé un respiro.

—Discúlpame, amor. No sé lo que me pasó... —Las palabras se me congelaron en la garganta cuando Valentino me abrazó fuerte y dejó un beso sobre mi coronilla. Sentí esa paz que solo él sabía darme.

—Si no te sientes lista, descuida, ¿sí? No quiero que te veas obligada a algo que no deseas y...

—¡No, amor! Claro que lo quiero. —Me solté levemente de su abrazo y vi que sus ojos encandilaron de brillo al escuchar esas palabras, pero se abstuvo.

Retrocedió un momento. Acarició mi barbilla y susurró:

—Quiero que seas mía. No te voy a negar que me muero por tenerte por completo, Eunice; pero estoy dispuesto a esperar lo que me pidas, si así lo deseas. Así que vamos a dejarlo aquí, ¿sí? —Tragó saliva mientras asentía con una mirada comprensiva.

Lo besé luego de escuchar eso. Pese a que era difícil hablar de lo sucedido, me sentí tan amada y aceptada.

—Gracias, en serio, amor —murmuré.

—Cuando te sientas mal o algo no te guste, por favor dímelo, ¿sí? Peor es que me lo ocultes —admitió. Entonces, se formó un nudo en mi garganta con dolor, pero disimulé.

—Así lo haré, Valentino.

«Soy una idiota».

SEGUNDA PARTE

A LA MAÑANA SIGUIENTE, desperté con mi rostro cerca de su pecho desnudo. Su brazo cruzaba por debajo de mi cuello, su mano derecha descansaba sobre mi vientre; estábamos abrazados envueltos entre sábanas blancas. Las cortinas de seda empezaron a hacer eco del radiante sol que se asomaba por una pequeña hendija de la ventana de la habitación.

Me moví con cuidado para no despertarlo, pero fue inevitable. Se giró hacia mí mientras me levantaba de la cama, se notaba a leguas que tenía la intención de tumbarme de nuevo. Me miró con una amplia sonrisa y me rodeó la cintura con sus brazos.

—¡No, te quedas aquí! —susurró entredormido. Incluso así, se lo veía adorable.

«Definitivamente, qué rico se siente dormir y despertar junto a la persona que amas», pensé.

—¡Es difícil sorprenderte, eh! —indiqué mientras acariciaba la punta de su nariz con mi dedo índice, jugueteando.

—¿Aún lo dudas? —respondió y me abrazó con fuerza, al tiempo que hacía nudo con mis piernas y las entrelazaba con las suyas; ninguno se quería ya mover de allí.

—¡Te amo! —expresé mientras acariciaba su rostro con ligereza. Él cerraba sus ojos y unas comillas en sus mejillas aparecían por su sonrisa. Su cara lo decía todo. Era mágico amanecer así.

—Cariño, quería hablarte sobre lo que pasó ayer. Disculpa por... —Él me interrumpió con un beso sobre mis labios.

—¡Ayer fue la noche más hermosa que tuve porque dormí con la mujer que más amo en esta vida! —confesó, y en mi rostro se reflejó una entera calidez al escucharlo tan paciente.

—¡Contigo no me equivoqué!

Y ahí iba de nuevo, las ganas de querer hacerlo mío. Mordí despacio mi labio inferior. Él no lo notó, menos mal porque… «¿Y si sucede de nuevo lo de ayer?», me cuestioné en un intento por no arruinar el momento de nuevo.

Aquella mañana nos alistamos, desayunamos e hicimos un poco de natación en el complejo del hotel. Era hermoso verlo sin camiseta, luciendo su cuerpo, y ni hablar de su cabello mojado; sin duda era la excusa perfecta para un deleite de recién casada. Regresamos pronto a la habitación para preparar las maletas. Nos íbamos a las Grietas de la Isla Santa Cruz, un lugar mágico que está ubicado en Galápagos, como parte de nuestra luna de miel. Sería un viaje breve ya que a la semana siguiente debíamos retomar nuestros trabajos.

Tres horas después…

Arribamos, este viaje sin duda era especial, era el primero como esposos. Salimos del aeropuerto y nos dirigimos a la avenida principal en busca de un taxi.

Valentino y yo habíamos comprado una *suite* aquí, para vacacionar cuando quisiéramos. Nuestro trabajo nos lo permitía: él se desempeñaba como administrador en la cadena de hoteles de su familia y yo, en mi caso, disfrutaba del arte de escribir libros de poesía y novelas, que era una forma de liberar mis emociones y de aprender más en el mundo literario que tanto me gustaba. Ambos hacíamos lo que nos apasionaba, y eso permitía que pudiéramos combinar a la perfección nuestra vida laboral con lo personal, cada uno en lo suyo.

Nos detuvimos en la acera. De pronto, a mi lado se paró una mujer joven de tez morena, a la espera de un taxi también. Noté que venía con un niño de unos cuatro años. El pequeño la tomaba de una mano mientras que, con la otra, simulaba volar un avión de juguete. Lo observé con disimulo por unos segundos. Él levantó su tierna mirada, vi sus ojos color café, largas pestañas, una sonrisa soñadora que inundaba de amor a cualquiera. Enseguida, volteó con su madre, quien lo cargó enseguida.

—Ven hijo, papá ya vino por nosotros —le dijo mientras se subía al auto que pasaba para recogerlos. Los vi marcharse. Algo en mí hizo fricción, solté un respiro con incomodidad, sentí aquella ausencia dentro de mí, la que me hizo escribir ese poema que nunca me atreví a contar en libros... letras que, hasta el sol de hoy, me siguen doliendo.

Valen presionó mi mano como si me preguntara si todo estaba bien. Supuse que había visto mi mirada persiguiendo al auto de aquellos extraños en el tráfico de la tarde; me conocía bastante bien. Tomé un respiro y me centré en él, no quería arruinar el momento una vez más; después de todo, era nuestra luna de miel.

—Amor, ¿acaso conocías a la señora que estaba junto a ti? —preguntó, y de inmediato negué.

—Ehm, no cariño solo se me hizo familiar, nada más.

Él asintió, no tan convencido, pero puedo asegurar que se distrajo al detener al taxi. Luego de pactar el pago y la ubicación con el chofer, abrió la cajuela y lanzó nuestras maletas al interior del auto. Elegimos los asientos de atrás, nos colocamos el cinturón de seguridad y arrancamos. Apoyé mi codo en el borde de la ventana para contemplar el paisaje un tanto nublado ya que era invierno. Sentí que Valentino presionaba mi mano para llamar mi atención una vez más. Ya era una manía, la que se había vuelto mi favorita.

—¿Te gusta? —preguntó. Negué.

—Tú me gustas más. —Por primera vez lo veía sonrojarse. Fue demasiado romántico y divertido, ambos sonreímos. Por supuesto, él se refería al paisaje. Le aclaré que sí lo disfrutaba: ese respirar de la naturaleza, la brisa húmeda que golpeaba mi rostro conforme avanzábamos por la vía. Todo era especial, y más aún a su lado. En ese momento empezó a sonar en la radio del auto la hermosa canción de Mirella Cesa, *En ti.*

—¡Qué buena emisora! ¿Acaso saben que recién nos casamos? —comentó, y yo solo sonreí dejando un beso sobre sus labios, al que correspondió enseguida pues él sabía que ella era una de mis cantantes preferidas.

«Espero que esta noche sea mejor de lo que tengo pensado para Valentino», me dije.

***

Minutos después, nos bajamos del taxi, fuimos por nuestro equipaje y nos dirigimos a nuestra *suite*. Saqué las llaves de mi cartera y abrí la cerradura principal rápido para entrar las maletas ya que estaba empezando a lloviznar; el olor a tierra húmeda era tan peculiar en estas épocas, sin duda hacía placentera la estadía.

Si bien es cierto, decidimos que nuestra *suite* fuera un poco más rústica, llena de plantas verdes y algunos rosales en el jardín; todo combinaba tan bien. No era lujosa, pero era tan acogedora para ambos que eso era lo único que nos importaba.

UNAS HORAS MÁS TARDE, Valentino y yo preparamos algo de comer. Teníamos provisiones en la nevera y aprovechamos para hacer una salsa de queso que le salía exquisita, acompañada con papas al horno y porciones de pollo bien cortadas. Me comentaba que lo había aprendido de sus *chefs* en la escuela de hoteles. Decidimos tomar una ducha compartida por primera vez en nuestra *suite*. Era tan romántico ver como mi piel y la suya se descubrían... Era inevitable contenerme al tenerlo tan cerca.

«¿Le digo o no se lo digo? ¡Ay, ya no importa! ¡Se lo digo!».

—¡Quiero hacerte el amor en este preciso momento, Valentino! —Me miró sorprendido. Negó, sonriendo ante mi propuesta.

—No pensé que fueras a pedírmelo, pero ¡haberlo dicho antes, ¿no?! —Soltamos una carcajada luego de su respuesta tan osada y cómplice. Mientras tanto, giré la llave de la ducha y enseguida nuestros cuerpos se mojaron. A Valen la sonrisa no se le diluía siquiera con el chorro de agua rozando su rostro. «El tipo es sexy y demasiado apuesto, está más que claro».

Nos bañamos y luego nos secamos. Él estaba frente al espejo del tocador, su cintura la tenía envuelta con una toalla blanca; ya no me pude aguantar las ganas de cubrir su pecho con mis brazos y acariciarlo de una forma sensual y provocativa, así que lo sorprendí por detrás.

—¡Amor! —exclamó en voz baja.

—Amor, te estas tardando, lo que dije era cierto —advertí, y él sonrió. Aprovechó la oportunidad para voltearse y quitarme despacio la toalla que me rodeaba, besaba mi cuello y luego mis labios. Caminamos hacia la cama sin dejar de besarnos, nuestros cuerpos pedían un nuevo intento... Despacio, levantó mi pierna para rodearse la cintura. Acariciaba mi muslo con unas ganas de saber qué había más allá de lo que podía ver. Un gemido suyo cerca de mi cuello hizo que me estremeciera aún más. Tenía ganas de hacerlo mío. ¡Qué excitante era verlo así de... apasionado!

—¡Amor, no te detengas esta vez! —le pedí mientras nos recostábamos en la cama.

—Tus palabras son órdenes —me dijo. Negué con una sonrisa y, de un solo movimiento, me dejó sobre él, lo que me hizo soltar un chillido gracioso.

—¿Te gusta así? —preguntó con una voz insinuante y perceptible. Arqueé una ceja, me convencí de aquella posición, luego me besó con suavidad, cerré los ojos y, de a poco, empecé a vibrar de placer, mis manos rozaron sus hombros... Los minutos transcurrían, volví a sentir la pasión con la que me tomaba tras intensificados besos, como los que me dio en nuestra noche de bodas. La sensación de estar piel con piel era fascinantemente exquisita.

Mis manos atraparon su rostro para acariciarlo y abrazarlo con fuerza; quería ser su mujer, quería entregarme por completo a Valentino.

—No te lo dije, pero me encantó que tomaras la iniciativa esta vez —declaró con un susurro cerca de mi pecho mientras lo besaba. Le gustaba recorrer mis lunares.

—Que te diré no siempre debemos ser las sumisas ¡no! Además, contigo no se puede —exclamé con una sonrisa delirante de deseo. Y, tras oír aquello, colocó sus manos ansiosas en mis caderas para rozarme con la suya, su mirada levitante se sostuvo de la mía, vi cómo sus labios se entreabrían a cada fricción que lo excitaban.

—¡Quiero hacerte mía, muero por que seas mía, Eunice! —soltó con la respiración jadeante.

«Quiero hacerte mía, al fin mía». Negué dentro de mí al recordar esa voz en mi cabeza, no, no quería traerlo a mi mente justo en ese momento. Cerré los ojos con fuerza «tú puedes hacerlo», me repetía casi como un mantra. «Vamos, Eunice. Si sigues así, vas a repeler a tu esposo», me decía en la cabeza. Tomé un respiro, pero fallé en el intento.

—¡Valentino, no, espera!

—¿Sí? Dime, mi cielo. —Él seguía estremeciéndose sobre mí al roce.

—Te deseo tanto, amor, pero…

—¿Pero? —cuestionó, intrigado, y dejaba besos en mis labios a cada palabra que terminaba de decir.

—Siento que no puedo —aseguré. Entonces se detuvo.

—Tranquila, amor, confía en mí. Lo deseamos, ¿no?

—Es que... —interrumpí. Él se paralizó unos segundos mientras me miraba a los ojos, aún se encontraba sobre mí; pero mi silencio e inseguridad hicieron que se moviera a un costado, y se afirmara sobre un codo a la espera de alguna explicación.

—Amor, es en serio, tienes qué decirme qué está incomodándote tanto. ¿Acaso es la posición? ¿El momento? No sé, ¡dímelo, por favor!

—Lo siento, cariño, pero no. No puedo hacerlo. —Me giré y le di la espalda con lágrimas en los ojos. Sentí el roce de sus besos cerca de mis hombros.

—Amor, estás tensa. Ven y te doy un masaje —sugirió al tiempo que acariciaba mi cintura con sus suaves manos, pero negué y lo detuve.

—Eunice, mi amor: ¿qué pasa? Me estás preocupando.

Me senté en la orilla de la cama cubriendo mi desnudez con la sábana. Cargaba la mirada un poco desorientada.

—Valentino. Yo… debo hablarte de algo.

—Claro, amor, dime.

—Yo… hace tiempo —balbuceé en un intento de sincerarme. Mis ojos se volvieron a cristalizar al traer ese mal recuerdo una vez más, pero de pronto sonó su teléfono, el mismo que decidió no responder.

—Amor, contesta. —Volteé a verlo.

—Eso puede esperar, estoy hablando contigo ahora. Es más, déjame apagarlo. —Acercó su mano sin levantarse, e hizo un esfuerzo para alcanzar el móvil, que estaba en una esquina del velador de la cama.

—No, ¿cómo crees? ¡Atiende! —insistí, en mi cobardía de zafarme de aquella incómoda y dolorosa conversación que vendría, sin embargo, él se negó.

El teléfono no dejaba de sonar. Lo insté a contestar. Él se rehusaba, pero, después de tanto, lo tomó. Presionó el botón verde mientras yo recogía mis piernas, me recargué en el espaldar de la cama pensando en cómo se lo diría, cómo reaccionaría. Después de todo, debía conversar con él un tema bastante delicado.

***

—¿Hola? —habló con seriedad a su interlocutor al otro lado de la llamada.

—¡Oh! Hola, Karina. Disculpa, pero en este momento no pued… —Su rostro se empezó a tensar por unos instantes, algo confuso. Al parecer era una de sus tres hermanas, la reconocí por su nombre.

—¡Espera! ¿Que acaba de pasar qué? Pero si todo estaba bien… No entiendo. —Llevó una mano a su frente con ansiedad y conmoción. Se levantó de la cama.

—Valen… —lo llamé en voz baja. Su mirada se empezó a empañar de lágrimas, agitaba su rostro en negación, gesto que me inquietaba aún más. Me acerqué a él, mas me detuvo con sutileza para que no me preocupara.

—¿Dónde están ahora? —quiso saber.

—¡Enseguida vamos para allá! Gracias por avisarme. —Colgó.

—¿Qué pasó, amor?

—Mi padre...

—¿Tu papá qué?

—Mi hermana llamó para avisarme que nuestro padre acaba de fallecer, Eunice, ¡acaba de fallecer! —La tristeza y las lágrimas lo invadieron a más no poder. Él era el único hijo varón de don Antonio, mi suegro, con quien se llevaba bastante bien pese a que trabajaban juntos en el directorio de tantas compañías hoteleras que tenían a su cargo.

—Pero… ¿cómo sucedió si en la fiesta estaba todo bien?

Reinó un silencio incómodo.

—Amor, lo siento tanto… —musité con lágrimas en los ojos y un quiebre de voz en mi garganta.

—Está bien, cariño. ¿Vienes conmigo? —preguntó, cabizbajo. Asentí de inmediato. Empezamos a vestirnos. Lo abracé fuerte, no obstante, era inevitable no sentirme más inútil como mujer; ni siquiera era capaz de darle en la intimidad lo que él merecía por ser mi esposo, y ahora… esta devastadora noticia para completar.

«Ayer festejamos nuestra boda y hoy... hoy tenemos un funeral».

Viajamos por la madrugada para llegar a la mañana del día siguiente.

Todos estábamos vestidos de prendas oscuras. El féretro se hallaba en el centro de la sala de velaciones Los Almeida. Familiares, amigos y algunos de sus empleados acompañaban en este día tan triste para todos.

Mi suegra lloraba desconsolada.

—¿Por qué, Antonio? ¿Por qué me dejaste? ¡¿Por qué?!

Sus hijas intentaron tranquilizarla, pero era en vano. Valentino habló con ella, la miró a los ojos y le dijo algo que la logró contener por unos segundos. De a poco empezó a calmarse; era como si le prestara mucha atención a aquello. Se la notaba algo más serena.

—Madre, debes ser fuerte. Estamos contigo, papá está descansando. ¡Lo volveremos a ver!

—Hijo, ¿y si no sucede así?

—Madre, tú y papá nos enseñaban sobre la fe desde que éramos pequeños, ¿no? Entonces, confiemos, ¡lo volveremos a ver!

—Hijo, yo amaba mucho a tu padre —expuso con tristeza mientras lloraba y presionaba con fuerza un pañuelo sobre su regazo, el que le habían dejado para que secara sus lágrimas.

—Madre, eso nadie lo duda; pero debes tranquilizarte un poco, ¿sí? Tu salud empeorará. Tus hijos te necesitamos, por favor.

Escucharlo dirigirse de ese modo hacia su madre, sin lugar a duda, hacía que lo admirara más como hombre, por su valor y su amor. Al parecer, mi suegro presentaba un cuadro de hemoptisis, algo relacionado en forma directa con sus vías respiratorias que se agravó. Nunca se tomó en serio el tratamiento, es más, ni siquiera su esposa lo sabía. Siempre lo tomaban a que era algo viral y pasajero, o propio de la edad. Se enteraron tras encontrarlo muerto, desplomado en el baño, pálido y frío, con rastros de sangre en el lavabo, luego de que su médico de cabecera lo chequeara y les explicara todo.

Fue lamentable enterarnos de lo acontecido, así que decidí dejarlos a solas. Caminé hasta la última fila de bancas de la sala en busca de asiento; casi todo el lugar estaba lleno de gente. Minutos más tarde, un amigo de la familia dio unas palabras de despedida en nombre de todos.

—Antonio Almeida fue un excelente amigo, esposo, padre, y hasta abuelo. Soñaba con ver a su familia realizada, a sus empleados crecer en lo profesional. Siempre quiso que se sintieran en un ambiente unido, lejos de problemas, y si había alguno siempre lo acompañaba de chistes para pasar el mal momento... Amigo mío, te extrañaremos. Tu partida duele tanto, pero te volveremos a ver. Estamos seguros de eso.

Esas palabras me hacían inevitable el sollozo. Valentino estaba tranquilizando a su madre, sus hijas ayudaban en lo que podían, y algunos primos suyos colaboraban junto al personal funerario sirviendo copitos de café y roscas a los invitados devastados con tan triste noticia.

***

Mis padres se sentaron a mi lado en cuanto me vieron.

—¡Hija! ¿Qué haces aquí sola? ¿Dónde está Valentino?

—Hola, madre. Por favor, baja la voz. Se encuentra con su mamá.

—Oh, hija. Cuánto siento lo de tu suegro. ¡Don Antonio era un buen hombre! —Asentí, mis ojos se hinchaban cada vez más, mi nariz estaba roja de tanto llorar. Papá me abrazó para acompañarme en mi dolor.

—¡Tu esposo te necesita, hija! —expresó, afligido.

—Sí, papá. Estoy aquí para él, ya lo sabe.

Las personas empezaron a dar el pésame y se retiraban. Otros nos acompañaron a la cripta que Don Antonio había destinado para la familia en su momento.

—Madre, ya regreso —comenté antes de irme a asistir a Valentino, por si precisaba algo.

—Adelante, hija. Estaremos por aquí para lo que necesites. Si hay alguna novedad nos llamas al celular.

Los abracé fuerte en agradecimiento por la ayuda. Me levanté de la banca de roble en la que estaba sentada. Mientras me aproximaba a mi esposo, cruzó frente a mí una mujer alta, delgada, con cabello castaño y tez clara, quien interrumpió mi paso sin siquiera pedir permiso.

—¡Valentino! —exclamó al interponerse—. Lamento tanto lo de tu padre, *darling.* —Se retiró las gafas oscuras que llevaba puestas y se las dejó como diadema sobre su cabeza. Supuse era una amiga suya, por lo que decidí respetar el momento, pero aun así me acerqué a él.

De pronto, mi cuñada me llamó y me ofreció algo de comer, volteé para tomarlo y, apenas unos segundos después, al girarme, ambos ya no estaban delante de mí. Devolví el aperitivo al charol. Restregué mis ojos para cerciorarme de que quizá era una confusión; pero no, ellos ya no estaban, se habían perdido entre la multitud.

—Susana, ¿has visto a tu hermano?

—Pues no.

—Yo sí, Eunice. Se fue con Candy por allá —intervino Carola, su hermana menor, quien señaló con su mano al cuarto de cocina.

—¡Gracias por avisarme, nena!

«¿Así que se llama Candy?». Me dirigí a la cocina y me encontré con el cuadro de que ella abrazaba su cuello y acariciaba su mejilla con demasiada «empatía», pero él no correspondía; en una mano tenía una taza y la otra estaba quieta. Mantenían una distancia prudente.

—Disculpa, amor. ¿Interrumpo? —pregunté—. Vine por si necesitabas algo. —Él afirmó y dio un paso atrás.

—¡Espera! ¡¿Te casaste?! —exclamó ella, un poco desconcertada.

Los miré a ambos como quien pregunta: «¿de qué me perdí?».

—Sí, Candy. Disculpa, no te comenté. Ella es mi esposa, Eunice. —Me acerqué y extendí mi mano con diplomacia. La mujer me miraba de arriba abajo con algo de desdén, correspondió por compromiso.

—Eunice, ella es...

—Su mejor amiga. Bueno, fuimos novios por mucho tiempo, pero... —intervino ella.

—Creo que eso estuvo de más, Candy —espetó él.

—¿Por qué lo dices? ¿Acaso tu esposa no confía en ti? —soltó con sarcasmo mientras me miraba a los ojos.

Tragué saliva al escucharla. Decidí ignorar su pésimo comentario. Si no era en mi año pues no debía dañarme, ¿no?

—Un gusto, Candy, o ex de Valentino, como sea, pero creo que es un mal momento como para...

—¡Eunice, tú también! —replicó mi esposo con dureza. Lo miré, mis palabras se congelaron, él nunca me había llamado la atención de esa forma y menos delante de alguien.

Reaccioné así solo con la intención de calmar las cosas y poner en su lugar a esa tipa pero, al parecer, ella venía con otro propósito: reconquistar a mi marido. Valentino no entendía que esa mujer andaba buscando lo que no se le había perdido. ¡Hombres!

—Vine porque quería acompañarte. Además... —indiqué firme.

Él nos miró molesto a ambas, gesto que me dejó más confundida.

—¡¿Es que acaso no entienden lo que me está pasando?! ¡Mi padre acaba de fallecer y ustedes no dejan de...! —soltó un bufido de ira sin concluir la frase antes de retirarse de la cocina.

La tipa me miró arqueando su ceja, acomodó la bolsa que sostenía con la parte interna de su codo, y se retiró del lugar dando pasos de modelo. Se perdió en medio de las personas que estaban en el funeral. Me sentí incómoda, pero, al menos sabía que la que había ocasionado tal discordia era ella.

Dos horas después, bajaron el cuerpo en la cripta familiar. Se escuchaban llantos desgarradores. De pronto me sentí algo mareada. No había comido nada porque ni siquiera pude probar el bocado que mi cuñada me había ofrecido, por ir a buscar a la tipa esa o, mejor dicho, a Valentino.

Noté que él estaba con su madre de nuevo. Decidí apartarme del sitio por unos minutos. Me dirigí despacio hacia la salida, hasta que, en un momento, tuve que recargarme con una mano en la pared por miedo a desplomarme. Respiré con calma. Le hice señas a Carola, mi cuñada menor, quien estaba por ahí cerca, para que me hiciera el favor de traerme un poco de agua, y así lo hizo. Mis padres estaban al otro costado, en medio de la multitud, no quería preocuparlos con esto. No soy fan de contarles mis cosas.

—¡Toma, linda Eunice! —dijo. Le agradecí con una sonrisa.

—¿Te sientes bien? —cuestionó con dulzura, mientras ondulaba las puntas de su cabello café claro.

—Un poco mareada, cariño, pero todo está bien —musité mientras me abrazaba el vientre.

—¿Comiste? —preguntó. Negué.

—Espérame aquí, ya te traigo algo.

Ella tenía apenas nueve años, pero parecía la más racional de todas las hermanas. Sin duda, yo pensaba que no todos llorábamos cuando moría un ser querido; quizá había otras formas de sentir que aún no había explorado, pero ella lo sobrellevaba con un semblante bastante calmado, yo creía que era un poco difícil ocultar la tristeza que se guardaba cuando moría alguien a quien amábamos. Al luto lo llevábamos dentro, aunque dijéramos que la vida sigue...

Regresó con unas roscas y un vasito descartable de café rodeado con una servilleta.

—Tómatelo todo, no quiero que mi sobrino o sobrina se desmaye. —Sonreí, de seguro había notado alguna expresión cuando pasé mis manos sobre mi vientre.

Negué, pero una intensa melancolía se instaló en mi estómago al recordar que ni siquiera había podido consumar nuestro matrimonio como quería con Valentino, así que la idea de ser padres estaba descartada.

—Gracias linda, no lo sé aún, así que mejor ve con tu hermano, él te necesita. —Despabilé el pensamiento.

—¡Y a ti también! ¡Ven, vamos! —propuso y me tomó de la mano halándome poco a poco, pero negué mientras le daba un sorbo al café que, menos mal, no estaba tan caliente.

—Ya mismo voy. Ve tú primero, ¿sí? —Ella hizo una pausa, me escrutó con su ingenua mirada, asintió y se retiró mientras yo terminaba mi café.

VI A LO LEJOS QUE CANDY SE ACERCABA una vez más a Valentino para ofrecerle un té que él negó enseguida. Respiré hondo, caminé en su dirección con el puño bien apretado. «¿Qué se cree?»… Pero algo me detuvo, el amor a Valentino me impedía lastimarlo más. Después de todo, supuse que fingir ser la esposa comprensiva sería lo mejor luego de lo ocurrido en la cocina. ¿Cómo podía ser que pensara que no lo comprendía? Si en realidad me dolía por lo que estaba atravesando. Y es que, ¿con qué valor de ser su mujer iría, si ni siquiera lo era por completo? No entendía por qué me estaba comportando así desde que nos casamos.

Mi mente empezaba a autosabotearme. «No sé qué me pasa. ¿Qué clase de esposa soy si ni siquiera puedo complacer a mi pareja en la intimidad?».

—¡Hola, Eunice! —Resoplé y volteé al escuchar una voz llamarme.

—Soy Francis, el primo de Valentino. Eres la esposa, ¿cierto? —Afirmé con el rostro, bajé la guardia, mientras me daba el último mordisco a la rosca que Carola me había traído.

—¡*Wow*! Eres preciosa, tal como me lo habían dicho —expresó. Sonreí con un poco de incomodidad ante el cumplido. «Francis, el más coqueto de la familia», dicho por Valentino algunas veces.

—Lamento no haberlos acompañado en su boda, pero es que recién llego de mi viaje a Canadá y pues...

—Descuida, lo importante es que hoy estás donde te necesitan —interrumpí.

Escuché a Valentino llamarme, así que me despedí de Francis de una forma muy amena y respetuosa. «A veces recibimos mejor trato de extraños que de los mismos conocidos, al menos siento que, su presencia me ha subido el ánimo en medio de tantos desaires», pensé, pero el llamado de Valen, tenía que ver con celos ocultos, supuse. Caminé en su dirección.

—Dime —respondí en un tono serio. Su mamá estaba más tranquila, sus hijas se encontraban con ella, por lo que pude notar.

—Se supone que deberías estar cerca de mí, ¿no? —indicó con dureza presionando su mandíbula.

—¿Lo dices por el saludo cortés de Francis? —Negó con firmeza.

—Claro que no. —Solté una sonrisa sarcástica, ni él se lo creía.

—Por cierto, lamento lo de la cocina, Eunice, yo... —Torcí mis ojos mirando hacia otro lado.

—Estoy acompañándote Valentino, esto es lo que quieres, ¿no? —Me crucé de brazos.

—¿Por qué te estas comportando así? No me digas que otra vez Candy.

—Ni siquiera la he nombrado, pero si la tienes tan presente, ahí te la dejo. —Levanté mi mirada en su dirección.

Se alejó un poco de sus familiares y me haló del brazo con delicadeza.

—Eunice, te necesito aquí conmigo, ¿acaso no lo entiendes?

—Eso no fue lo que dijiste hace un momento, me trataste como una mujer incomprensiva y poco empática delante de tu ex. Quiero estar sola, no deseo agravar el momento.

—Me estoy disculpando, ¿es que no lo ves?

—Al menos eso no parece.

Tomó un respiro, me soltó despacio y agregó:

—Lo lamento, de verdad. Es que estoy demasiado mal como para ver una escena de celos y...

—¿Celos? ¿Celos porque preguntaba por ti y porque quería decirle a tu exnovia que no era el momento ni la ocasión para hablar de la categoría en la que habían quedado en el pasado? —expresé. Él abrió sus ojos como entendiendo a lo que yo me refería cuando lo interrumpí en la conversación con Candy.

—¿Tú ibas a decir eso?

—Sí, pero tú preferiste suponer lo que saldría de mi boca. ¿Acaso no te das cuenta de que me duele verte así? Pero admito que, me molesta ver cómo esa tipa te ronda, y tú aquí tan vulnerable con lo de don Antonio, y lo de tu familia… Y sí, eso está bien, ellos te necesitan, y como buena esposa… ¡maldita sea! debo entenderlo y comprenderlo, pero no me quieras ver la cara de tonta con tu ex, Valentino.

—Baja la voz, por favor, no sé a qué te refieres. —Sacudí la cabeza al escucharlo.

—¿O acaso ella te sigue gustando?

—¡¿Qué?! ¿De qué hablas, Eunice? Eso es pasado, ¡yo te amo a ti!

—Entonces, ¿por qué tuviste que ir a solas con ella a la cocina? —mi tono era serio y frío.

—Fui por un té. Además, solo me estaba dando el pésame. ¿Acaso me encontraste abrazándola? —Me exigió una respuesta, pero no me dio tiempo a hablar—. ¿Sabes qué, Eunice? No sé qué nos está pasando. Apenas y nos casamos y ya estamos así. No sé si esto fue lo mejor, ya no sé… —Posó sus manos en el rostro, confundido.

Algo dentro de mí de pronto se quebró. Fue como una puñalada por la espalda; la persona a quien le había dado el sí, con quien estaba dispuesta a compartir una vida, dudaba de su decisión.

—¿Sabes qué, Valentino? Dejemos las cosas así.

«¡Qué tonto! ¡¿Cómo pudo decirme eso?!».

—¡Eunice, te amo, carajo! —Su explicación ya no tenía sentido para mí en ese instante. Es que no sé si las mujeres exageramos las emociones, pero en ese momento yo solo podía ver lo mal que me había tratado, y no cómo él intentaba arreglarlo.

A los minutos, vi que la familia se empezó a despedir, así que me coloqué a un lado de Valentino. Ellos vinieron en mi dirección...

—Ve con tu familia, te necesitan —sugerí, y justo vino Susana, una de sus hermanas, quien al parecer quería hablar con él a solas. Aproveché la oportunidad para alejarme por un momento en una esquina del lugar.

Él estaba bastante serio, se dirigió hacia su hermana y su madre, pero la tipa esa una vez más se interpuso en su camino, y lo hizo detenerse. Esa escena bastó para saber que mi sitio no era allí, si él no me hacía respetar.

Me retiré sin más, no soporté ver ese cuadro. Tomé un taxi rumbo a nuestro departamento, el que teníamos en la ciudad. Llegué molesta y decepcionada, entré, lancé las llaves al cuenco de cerámica que estaba cerca del recibidor, cerré la maldita puerta de un solo azote y me eché a la cama contenida de ira.

—¡Tonta, tonta! ¡Todos los hombres son iguales, todos!

No conforme con vociferarme lo ocurrido a mí misma, fui en busca de una cerveza en lata de la refrigeradora. No era mi costumbre beber, pero esta vez era necesario; debía quitarme el enfado de alguna manera. Caminé a la sala descalza, me eché en el sofá de cuero negro y con el control encendí el estéreo y dejé la *playlist* de Spotify que conocía mi estado de ánimo; esta vez puse el de Pablo Jara, su canción: *Dos Mentirosos.*

Aproveché el momento de soledad para acompañar el coro a todo pulmón con la intención de liberar mi voz, para que se escuchara lo que dolía fingir llevar una vida perfecta con una persona que ahora dudaba de lo que siente por mí. «No te quiero soltar, no te quiero perder a mí me va a matar y a ti te va a doler», cantaba mientras le daba sorbos a mi cerveza, hasta que luego de algunos minutos me la terminé.

Un poco aturdida y, aún molesta, me dirigí a la habitación, tomé una almohada, la aventé al piso y me tumbé en la cama boca arriba con la mirada perdida. Me empecé a cuestionar muchas cosas, entre ellas, la terrible escena por la que era incapaz de entregarme a Valentino, mi pasado, el regreso de su ex y todo lo de hoy. «¡Mierda, mi vida es un completo desastre!».

LUEGO DE UN RATO, escuché que bajaron el volumen del estéreo. Era él, entró a la habitación, noté que miraba el piso, asombrado como quien pregunta qué ha sucedido.

—¡¿Quieres saber qué pasa?! —respondí sin moverme de la cama. Él, confuso, confirmó.

—Eunice...

—Todo, absolutamente todo está claro. Preferiste a esa tipa en el funeral de tu padre.

—No, no, no estas entendiendo; ella solo quiso hacer acto de presencia y... —Me levanté de la cama enseguida y me coloqué frente a él.

—¡Ay, por favor, Valentino! Solo tú te crees eso. Soy mujer y sé claramente que sus intenciones no eran la de ser una buena amiga; mi sexto sentido no falla —intervine.

—Eso explica la almohada en el piso. —Miró al suelo. —¡Eunice! ¿Qué sucede? ¡No estás bien! —Se acercó y arrugó el ceño al percibir mi aliento a cerveza.

Retrocedí ante su cercanía.

—¿Bebiste?

—¡Piensa lo que quieras, después de todo a mí no me crees! ¡¿Cierto?!

—¡Que noooooo! —espetó con ira. —¡No entiendes nada, no me estas escuchando! —lanzó, contenido de coraje.

—Entender que tú y esa...

—¡Basta, Eunice! Ella fue pasado, no tengo ni quiero tener nada con Candy. —Me tomó hacia su cuerpo y me abrazó, me presionó un poco para tranquilizarme y dejó un beso sobre la coronilla de mi cabeza. Cerré mis ojos sintiendo la contención en medio de forcejeos que se debilitaron al rato. Y es que no entendía por qué me estaba ocurriendo todo eso... Se suponía que ya había superado aquel pasado. Y, por otro lado, me moría por dentro saber que querría cambiarme por otra. Y es que sí, yo quería consumar nuestro matrimonio, pero no podía; algo en mí no me dejaba continuar, y esos malditos celos me estaban cegando. Me alejé de su abrazo por un momento, tomé sus manos y lo miré a los ojos frente a frente, y él a mí a la espera de recibir una explicación, al percibir mi silencio, entonces intervino.

—Te juro que mi intención no era lastimarte; no quise decir lo que dije en el funeral, cariño, lo siento —expresó. Se le notaba sinceridad en lo que decía, pero yo no quería ya siquiera hablar. No me sentía bien.

«Creo que necesito estar sola por un momento, debo aclarar qué era eso que me perturbaba en el plano emocional y, por ende, en nuestro matrimonio también… Aparte de la tal Candy, ¡claro!».

—Valentino, me duele ver lo que pasó con tu padre. Y sí, acepto que me afectó que tu ex se apareciera con aires de recuperar tiempo contigo; pero no me siento bien, y lamento no ser esa mujer que tanto esperabas… —Su actitud en desacuerdo era más que obvia.

—No digas eso, lo de mi padre no tiene nada que ver aquí, y menos Candy; quizá solo fueron un detonante. Pero de verdad sí me preocupa esto: llega el momento en que quiero hacerte mía y...

—Valentino, discúlpame, pero respecto a eso creo que no...

—¡No qué!

—¡No puedo hacerte el amor! —Su mirada seria me aterrizó a que, sin lugar a duda, esto se volvería un gran problema.

—Esta es la parte en que nos debemos comprender, ¿no? —exclamó, tragó saliva y arqueó una ceja al tiempo que colocaba sus manos en la cintura en disconformidad.

Solo cerré mis ojos, a la espera de que esto fuera una maldita pesadilla. Negué y los abrí despacio, con lágrimas derramándose por mis mejillas.

—No puedo, de verdad lo siento. —Le pedí que me dejara sola por un momento. Vi cómo tensó su mandíbula con un poco de impotencia y se fue a la sala con desgano. Luego cerré la puerta de la habitación, él dormiría en el cuarto de huéspedes esa noche.

—Eunice, si sigues así lo vas a perder. ¡Mierda… vas a perder a Valentino! —me reclamé lo egoísta que estaba siendo con él; sin gritar, obviamente. Me parecía estúpido haberme dejado llevar por tantas imprudencias en un solo día, no podía estar más decepcionada de mí. Sin más, e indignada, me eché a la cama a sumergirme en un mar de llanto, me sentía perdida en un limbo, tanto dolor que me carcomía el pecho, mi cuerpo pesado de sollozo se volvió el antídoto para quedarme dormida.

TRANSCURRÍAN LOS DÍAS y las cosas entre los dos seguían casi iguales. Desde aquella noche, todo se tornó gris en la relación, pero pese a ello, luchaba. Lucir el matrimonio perfecto al qué dirán era ya mi labor del día. Y es que no había nada más desgastante que aquello. Amaba a Valentino, pero las cosas en la intimidad no ayudaban tanto. Cuando visitaba a mi amiga Lía, me aconsejaba que hablara con él, o que acudiera a terapias de pareja, que era normal tener desacuerdos cuando una recién se casa; y es que era obvio, no somos perfectos. Ella sabía a detalle lo que me pasaba, en el fondo esto me avergonzaba, tanta inmadurez de mi parte. No era capaz de reconocer lo que nos estaba pasando. Valentino hacía un esfuerzo por comprender que no pudiera consumar la relación al acostarme con él. Lo intentábamos de muchas formas, pero yo me moría por dentro. Hasta que un día, empecé a buscar ayuda por internet sin que él lo supiera, me di cuenta de que todo surgía cuando él decía aquella maldita frase que me trasladaba a ese mal recuerdo; y lo peor de todo era que no tenía la valentía para decírselo en la cara.

Una de las razones por las que la mayoría de las parejas fracasan en una relación es la falta de comunicación, las secuelas familiares, las heridas de un pasado devastador y tantas más. Me puse a pensar en todo lo que había sucedido con él, y precisamente ocurría que yo no asimilaba el dolor que cargaba de aquel oscuro suceso que marcó mi vida, el que pensé que había sanado. Ese que me calaba tanto que no me dejaba avanzar. Era fatal intentar hacerle el amor a Valentino y no consumarlo como nuestras ganas de amarnos querían.

Era una agonía...

Los meses caían en rutinas sin creatividad... al menos para mí.

Hasta que una mañana, mientras desayunábamos en el comedor, Valentino me avisó que tendría una reunión de trabajo de última hora; algo que me dejó un poco sorprendida, ya que él trataba siempre de hacerlo de lunes a viernes para pasar el fin de semana en casa o en alguna reunión familiar. Lo noté contento, un poco más que de costumbre.

—Es raro, casi siempre pasas aquí los sábados —comenté y acerqué mi mano al plato del centro, donde estaban las rebanadas de pan integral con algo de mermelada de frutilla.

Él me pasó una de inmediato.

—Sí, cariño, pero esta vez es el negocio más importante que tengo que cerrar, me esperan al mediodía.

—¿Es un almuerzo? —pregunté. Él asintió—. ¡Que te vaya bien, entonces! —le deseé.

—¿Tienes planes hoy? —indagó, con una ceja arqueada, tras beber un sorbo de jugo de naranja. Negué.

—Hoy enviaré a la editorial un par de borradores en los que he estado trabajando, para ver qué opinan al respecto.

—Entiendo… ¿Qué te parece si a mi regreso vamos al cine? Hay una pelíc...

—Valentino, no me siento bien —lo interrumpí. Él dejó de masticar por un momento al escucharme decir esto, miró en mi dirección algo confundido.

—¿Hasta cuándo detendrás mis ganas de compartir tiempo contigo? —No respondí.

Dudaba que lo que estaba a punto de comentarle fuera lo mejor para los dos. Sin embargo, ya no podía ver que se esmerara por hacer de este matrimonio uno especial, al menos no como yo quería. Él merecía a una mujer que de verdad le demostrara su amor en todo aspecto, ya no soportaba verlo acudir todo el tiempo a otros métodos para satisfacer sus deseos sexuales, los que se encendían conmigo pero que no lograba consumar por mi culpa. A veces llegué a pensar de qué quizá ya tendría a alguien más. Definitivamente, ya no podía tolerar eso; era morirme por dentro, debía decírselo.

—Valentino, hace tiempo que he estado pensando en algo y… Mira, yo... —Tragué saliva, él estaba a la espera de lo que iba a decir, me observaba con atención—. No quiero seguirte lastimando —solté. Él arrugó el ceño.

—¡¿De qué hablas?! —espetó. Bajé la mirada y comencé a dibujar con mi dedo índice un círculo pequeño e imaginario sobre la mesa; desviaba mi atención para disimular mi cobardía.

—Valentino, creo que ya no puedo seguir más con esto. —Él acercó su mano y la colocó sobre la mía, me detuvo en lo que hacía.

—¿Te refieres a...? —quiso saber. Afirmé con el rostro.

—Creo que lo mejor es que nos separemos. —Abrió sus ojos con sorpresa, luego agachó la mirada.

—¡¿Estás segura de lo que me pides?! —exclamó.

Afirmé cabizbaja y, después de unos segundos, vi como negó lo dicho con una sonrisa algo sarcástica. Se levantó enseguida de la mesa con su plato ya vacío.

—Creo que no es el momento para hablar de esto, pero solo quiero decirte que... —Se paró frente a mí antes de retirar- se—. Ya no sé de verdad qué más hacer por esta relación, pareces otra mujer, ya no sé qué clase de esposo quieres. Todo este tiempo he estado buscando formas de comprenderte, de complacerte y de entender eso que tanto te atormenta pero que no me quieres compartir; y está bien, lo respeto, pero siento que esto se me está saliendo de las manos, Eunice. La separación es una decisión que estás tomando por ti, y esta es una relación de dos. ¿Lo olvidas?

—¿Ves? A eso me refiero, a que los problemas siempre vienen junto con el tema de que no puedo...

—¡No, Eunice! No es el «no puedo», es que no quieres manejar y solucionar eso que no te deja seguir. Créeme que ya no sé qué más deseas. Siento que estoy solo en esto, y no porque no consumemos nuestro matrimonio, sino porque tú no quieres dar el paso para sanar eso que no te deja avanzar. He tratado de ser tu amigo, tu confidente, tu amante… en la medida en que me lo permites en la intimidad. Y lo hago porque quiero, pero si para ti la solución está en dejarme, no sé qué decirte —resopló molesto.

—¡Valentino! —titubeé. Él tomó un respiro en un intento por tranquilizarse a sí mismo, y en desacuerdo a mi respuesta.

—¡Carajos, no sé si no soy un masoquista! ¡¿Acaso no entiendes que te amo y que quiero seguir contigo?! —Escuchar eso me hacía sentir peor. Ya no me lograba sostener de su amor, ya no me tenía ni a mí misma. La información que había conseguido en foros online no me estaba ayudando.

De pronto, tocaron a la puerta.

—¡¿Y ahora quién molesta tan temprano un sábado?! —vociferó, pero lo que él no recordaba es que tenía que ver con un detalle suyo. Terminó de llevar los platos al mesón de la cocina e intentó calmarse entre dientes.

Me levanté enseguida de la mesa para atender. Giré la manija y, al abrir, me sorprendió un gran ramo de rosas de color lavanda cerca de mi rostro; las traía el servicio de mensajería.

—¿Aquí vive la señora de Almeida? —Afirmé con algo de confusión.

—Sí, soy yo.

—¡Esto es para usted! Firme aquí, por favor —indicó y me extendió una libreta de «recibidos» mientras tomaba el ramo con algo de cuidado.

El joven estaba bastante apurado. Firmé, le devolví la libreta y se retiró enseguida. Entré a casa y las dejé sobre la mesa en la sala; ya luego abriría el sobre para ver quién las envió. Supuse que quizá había sido mamá o algún familiar.

Valentino se aproximó a la salida. Su mirada fría caló mis sentidos, parecía que la discusión continuaría, pero no. Caminó en mi dirección y dejó un beso sobre mi frente.

De pronto, vi que su mirada cambió y presionó sus labios con algo de resignación, negó despacio y tomó el saco que estaba colgado en el porta abrigos a un costado de la puerta.

—Me debo ir, pero no quiero hacerlo sin decírtelo antes.

—¿Decirme qué?

—¡Feliz aniversario, Eunice! ¡Feliz aniversario!

Algo dentro de mí no digería lo que él acababa de decir. ¿Cómo pude no recordar que ya cumplíamos un año?

Mis lágrimas inevitables se asomaron.

«No, definitivamente no. Él no merece una mujer como yo», pensé.

Se marchó. Cerré la puerta con seguro y luego revisé con cuidado la tarjeta que vino colgada junto al ramo de rosas. Para mi sorpresa, era él quien las había enviado. Y todo por culpa de mi pésima actitud, no me sentía digna de ser su esposa. De pronto, a mi mente le acribillaban las ideas que hace tiempo me venían rondando: debía pedirle el divorcio. De esa forma, ya no lo lastimaría más con mi absurda manera de ser. Un aniversario, y yo con palabras adoloridas calando en mí: «él debe ser feliz».

Muchas estupideces me avistaban tras la idea del divorcio. Caminé despacio hacia la mesa para retirar casi en modo automático los trastos del desayuno, los lavé, y los coloqué de forma que reposaran boca abajo sobre el mesón de la cocina.

Sequé mis manos ligeramente con la toalla que estaba colgada cerca del horno.

¡No sabía qué me estaba pasando con Valentino!

TERCERA PARTE

ALGUNAS HORAS DESPUÉS, recibí una llamada de la secretaria de Valentino, quien me informaba que estaría listo el taxi que me vendría a recoger para llevarme al aeropuerto, lo cual me dejó desconcertada. Le marqué directo a él a su móvil, no contestaba. Insistí, y al tercer intento respondió. Me dijo que me alistara lo más pronto posible, que se trataba de un viaje de última hora y debía acompañarlo.

Mi circunstancia no era la mejor de todas, del lado emocional, pero acepté. Quizá necesitaba despejar mi mente antes de tomar una decisión; sí, una muy importante respecto al rumbo que debería tomar este matrimonio.

Viajaríamos a eso de las seis de la tarde. Me coloqué *jeans* celestes, una camiseta blanca por dentro y unos zapatos tenis. Alisté lo más que pude de mi equipaje. Le marqué al móvil, y Valentino me indicó que ya me esperaba en el aeropuerto. En ese rato, escuché que el taxi ya estaba afuera pitando, así que salí enseguida.

***

Mientras iba detrás del cristal de la ventanilla de ese auto, recordaba lo bien que la pasábamos los primeros meses como esposos, pese a que no lográbamos consumar lo nuestro. Su comprensión era intachable, y es que resultaba agradable inventar recetas en la cocina, compartir duchas, su pasión por los viajes. Sencillamente lo admiraba, pese a nuestros problemas personales, no podía quejarme de él. Siempre fue un gran compañero, desde un principio tuvimos la mentalidad de que ambos podríamos alcanzar lo que queríamos si íbamos juntos de la mano. «Y es que… si tan solo pudiera superar ese maldito complejo interno... Si tan solo pudiera entregarme a él como tanto quiero».

Luego de algunos minutos, la voz del chofer me hizo aterrizar cuando me avisó que ya estábamos en las afueras del aeropuerto. Las enormes puertas de vidrio se abrieron, ingresé y ahí estaba él con su camisa manga corta color gris y un abrigo oscuro que le colgaba del cuello y le daba esa formalidad amena y ochentera que me encantaba. Me acerqué y le pedí una disculpa por la discusión de la mañana en el desayuno, pero el negó, me tomó de la mano con suavidad y correspondí sin más, con la idea de que en algún momento debíamos hablar del tema.

Pregunté a dónde iríamos mientras caminábamos a la recepción del aeropuerto y, un poco serio, respondió: «a nuestro lugar». Por un momento me quedé pensando a cuál se refería... Teníamos tantos, pero Galápagos, era magia para nosotros. Supuse, con algo de recelo, que era allí. Durante el viaje fuimos callados, él no opinaba nada, y yo ya no sabía siquiera si entablar una conversación que no fuera: «¿sigues molesto?». Por aquello, decidí guardar silencio en todo el trayecto, aunque era inevitable no sentirme mal por lo de esa mañana y por lo de casi siempre.

***

Horas después, llegamos y nos subimos en un taxi al salir del aeropuerto. Para mi sorpresa, estábamos cerca de nuestra *suite*. Sí, la que teníamos en las Galápagos.

—Valentino, necesito hablar contigo —advertí antes de bajarnos del auto.

—Descuida, tenemos toda la noche para hacerlo —indicó mientras le avisaba al chofer que nos dejara en el lugar previsto por él. Sacó su billetera para pagar el taxi, pero insistí en que me dejara hacerlo esta vez. Esbozó una sonrisa, me miró y afirmó con su rostro.

—Está bien, gracias.

—Valentino, cuando me pediste que te acompañara a un viaje urgente, te referías a uno personal.

Asintió despacio. Al rato, se bajó del auto, lo rodeó para abrir la puerta de mi lado. Ya eran casi las ocho de la noche. La llovizna se hizo presente una vez más, retiramos el equipaje de la cajuela, saqué las llaves de mi bolsa rápido para abrir el portón del cerramiento principal, el taxi se marchó y entramos enseguida.

Era inevitable percibir el olor de la tierra mojada, la humedad se respiraba en el ambiente, se había vuelto casi un ritual. Caminé rápido para evitar que Valentino se mojase, él venía detrás de mí con las maletas, una en cada mano. Giré la llave y, al fin, entramos a la *suite*, pero para mi asombro...

—¡Valentino! —Fue lo primero que se me vino a la mente tras ver tanto detalle dentro, decoración, rosas rojas y color pastel en la mesa, una cena espectacular... Me quedé sin palabras.

—¿Te gustó la sorpresa? —preguntó sereno. Levanté mi mirada hacia él en total confusión, era un romántico empedernido. Y eso era algo lindo, pero era un poco incómodo ya que no estábamos en los mejores términos.

Colocó las maletas en la entrada, cerró la puerta y me acercó despacio hacia él, mientras sostenía su mirada con la mía.

—Eunice, este será mi último intento —susurró firme. Al parecer lo había coordinado todo a la perfección, de esto se trataba el famoso «almuerzo importante».

Levantó mi barbilla con sutileza, cerré mis ojos tragando saliva por un instante, y pensé en que no podía satisfacerlo como mujer, una vez más. Retrocedí y me alejé por un momento, camino a la habitación.

Nos duchamos, cada uno por su cuenta, y nos cambiamos de ropa. Luego fuimos a la mesa tan bien decorada para un día de aniversario, nos sentamos en el comedor y cenamos como cualquier matrimonio en medio de una crisis penosa.

Luego de aquello, sentí que no merecía tanta maravilla: las luces bajas, las rosas, el romance, las velas, todo estaba tan bien coordinado, la música ambiental. Ese día, por desgracia, sentí que debía detener este sufrimiento para ambos. Iba con la propuesta de separarnos de nuevo, quizá eso... era lo mejor.

Pasaron algunos minutos inciertos, silenciosos. Él tomaba mi mano sobre la mesa, y yo tenía ganas de decirle que lo amaba, pero temía no cumplirle como debía. Así que callé. No podía ilusionarlo con una noche mágica y luego sorprenderlo con lo contrario.

—Eunice, si bien es cierto, dije que esta era mi último intento, pero quiero que sepas que...

—¿Te parece si mejor lo hablamos después, luego de la cena? —propuse. Él arqueó una ceja como quien dice: «tienes razón».

Poco después, cuando terminamos de cenar, Valentino se levantó de la mesa y se llevó un par de trastos. Le dije que yo los iba a lavar, pero insistió. Después de todo, él siempre trataba de colaborar en casa; nunca me pude quejar de eso.

Al rato vi que dejó todo limpio en la cocina y se dirigió a la habitación, me quedé sola un momento reflexionando en cómo empezar la plática que definiría el rumbo de nuestra relación.

Me levanté de la mesa y me aproximé al ramo de rosas rojas que estaba en el centro del comedor. Tomé una, la observé en silencio, acaricié sus pétalos delicados, la acerqué a mí para respirar su aroma; uno tan natural que me trasladaba a un lugar donde seguro no habría problemas, ni miedos absurdos como los míos... Caminé con ella y me dirigí a la habitación donde estaba Valentino; debía hablar con él, aclararlo todo de una buena vez.

Giré la manija de la puerta, entré sigilosamente con la rosa en mano para darme seguridad, lo vi sentado en el borde de la cama, con uno de sus brazos apoyado en una pierna, cabizbajo, no me dejaba ver su rostro.

—Valentino, debo hablar contigo.

—Yo también, Eunice.

—He estado pensando en todo lo que ha pasado y, antes que nada, quiero agradecerte por la magnífica velada de esta noche y...

—Ve al grano de una vez. Hoy no tendré a mi esposa, ¿cierto? —Su respuesta me sorprendió, la rosa se me cayó de las manos, la miré en el suelo, no la recogí sino que caminé en dirección a Valentino y lamenté no poder actuar como él quería, pues este aniversario no sería tan distinto al de las novelas dramáticas de la TV; y es que no podía consumarlo, porque a mi mente venían malos recuerdos una vez más.

—Valentino, déjame explicarte.

—¡Te juro que ya no sé qué más quieres, Eunice! —interrumpió y se levantó de la cama rápido. Colocó sus brazos en su cintura, un poco molesto.

—Lo mejor es separarnos.

—Vaya, ¿ya lo venías pensando tanto que lo dices así de tranquila, como si esto se tratase de un simple contrato?

—¡Dije separarnos, no divorciarnos! —Me dolía por dentro repetir esa palabra, sin embargo, ya no soportaba ver como agonizaba nuestra relación.

—Es que, luego de la separación vendrás con el siguiente paso. ¿Es que acaso no te das cuenta de lo mal que la estamos pasando? Eunice, entiéndelo. ¡Necesito a mi mujer! Te necesito a ti.

—Yo sé que esto es duro, pero ya no puedo verte así tan mal por mi culpa.

—Entonces hagamos el intento, mi amor. Quiero que me digas qué te pasa. Por una última vez, te juro que la paciencia y la comprensión se me desvanecieron. Ya no puedo más.

—Valentino, mira, tú...

—¡¿Tú qué, Eunice?! Masturbarme pensando en ti, o peor aún, llegar a tanto en la cama contigo y no sentirte mía hasta el final, esto ya no ayuda, ¡ya no! ¿Piensas que es fácil estar contigo y no tenerte como quiero? Lo siento, pero ya no sé qué hacer, y no te quiero perder, ¡maldita sea, ¿no lo entiendes?! —insistió con una mirada firme y angustiada.

Esa horrible experiencia vino a mi mente una vez más...

—Valentino, yo... —Se sentó en el borde de la cama una vez más, colocó sus codos sobre sus piernas para sostener su cabeza pensativo; miraba hacia el suelo, negaba molesto.

—Escuchar a mis amigos con sus hijos y sus familias. Eunice, ni siquiera te estoy pidiendo que tengamos hijos, porque acordamos en que sería después; solo quiero sentirte por una puta vez en la vida. He tratado de ser ese esposo que tanto mereces, por amor. Pero si no lo resolvemos hoy, no sé qué va a pasar. Y no me han faltado oportunidades para serte infiel, pero no quiero, ¡porque deseo que sea contigo! —vociferó esto último con desesperación.

No tenía argumentos, solo unas ganas intensas de acostarme con él para solucionarlo todo. «¿Es que acaso, en medio de tanta ira, te dan deseos de mandar todo al carajo y reconciliarte con tu pareja así?», pensé por un momento.

—Valentino, pero ¿y si no funciona? —cuestioné, y él giró su mirada hacia mí.

—Amor, una vez más te lo pido; o dime si en algo te estoy fallando como hombre, no sé, tomemos terapias de pareja. No sé, alguna cosa debe existir que nos ayude.

—Estuve buscando la ayuda de una psicóloga en estos meses porque los foros por internet no me ayudaban de manera profesional —espeté.

—¡¿Qué?! —exclamó. Asentí y me senté a su lado. Su mirada cambió enseguida.

—Valentino, yo...

—Mira, no te quiero presionar, Eunice… ¿pero quieres contármelo al fin? —indagó con voz suave. Asentí y tomé un profundo respiro.

—Te lo diré, yo...

—¡Ajam, sigue por favor! —insistió un poco impaciente.

—Valentino, yo… yo fui abusada sexualmente por la persona en la que más confiaba en la vida —confesé. Su rostro cambió y frunció el ceño con preocupación, mirándome fijo—. Era difícil para mí decírtelo, porque pensaba que de seguro no querrías tener algo conmigo si...

—Por favor, prosigue. —Negó, asombrado. Hizo un gesto para indicarme que no temiera en contarle todo. Su mirada se tornó apacible, entonces continué.

—Fue la noche de graduación de nuestra promoción en el colegio, y fui con él... —Otra vez, traer a la mente ese suceso me dolía, sentía que en mi garganta bailaban cristales trizados.

—Aquella noche, lo habíamos pasado increíble con amigos. Teníamos comida, música y, en lo que respecta a tragos, decidimos no participar porque él debía conducir. Por ese lado éramos muy responsables. Nos quedamos casi que hasta la madrugada. Nos despedimos de nuestros amigos y él me llevo en su auto rumbo a casa hasta que... Hubo un instante en que cambió de ruta; fue algo que me sorprendió, pero yo confiaba en él, Valentino. —Él tomó mis manos junto a las suyas para darme apoyo antes de que iniciara una crisis emocional de nuevo. Cuando lo miré con detenimiento a los ojos, respiré hondo.

—Cariño, si no deseas continuar, descuida yo... —dijo. Apreté su mano y asentí como quien dice: «no te preocupes, estoy bien».

—Valentino, ese día él cambió de ruta y... cuando quise reaccionar era muy tarde. Se parqueó en el carril derecho cerca de una calle un tanto desolada. Le cuestioné enseguida, sin embargo, me dijo que debía confesarme algo importante que no podía ser en casa. Por un momento pensé en que me haría la propuesta tan anhelada. Todos en la prepa decían que nos casaríamos, y yo lo amaba profundamente, eso fue lo que imaginé. ¡Qué tonta! Pero todo, todo en absoluto cambió de dirección.

—¿Qué pasó?

—Curiosa y sorprendida lo dejé seguir hasta que se retiró el cinturón de seguridad y se volvió hacia mí tras apagar el auto. Platicamos de todo un poco hasta que acercó su mano a mi rostro, me besó, luego acarició mi vientre, hasta que noté que bajaba más y más. Levanté mi mirada desconcertada hacia él. Pues nunca se había propasado así conmigo… Entonces le quité la mano despacio, pero él bajó más haciendo cierta presión y, admirado a mi actitud, abrió algo del cajón cercano al *airbag* de mi asiento. Los segundos pasaron muy rápido y, cuando quise reaccionar, fue tarde, él ya estaba sobre mí repitiéndome esa… esa frase, y algo en mí no me dejaba gritar; era como si hubiese estado condenada a vivir aquello, esa maldita frase me ha seguido todo este tiempo, su voz.

—Me lo repetía cada instante: «quiero hacerte mía», y por más que lo empujaba, era imposible. Desesperada, bajé las ventanillas del vidrio para pedir auxilio, pero nadie, no había absolutamente nadie por allí cerca. Tomó un pañuelo con su mano, pero forcejear no me sirvió de nada. Al parecer, ya llevaba todo preparado. Me sedó, y entonces ya no recuerdo más. Solo sé que desperté en las peores condiciones: ropa rasgada y… ya no quiero saber más. —Esas palabras hacían arder mi pecho con dolor. Nunca más supe de él hasta que después alguien conocido me comentó que fue a cursar sus estudios superiores al extranjero.

—¡Maldito hijo de…, ¿cómo se le ocurrió hacerte eso?! —espetó Valentino con furia mientras me abrazaba a su lado.

—Ese día, me tomó sin permiso; y como me resistí, decidió hacerlo por la fuerza...

—Maldito, dame su nombre y su dirección. ¿En qué país está ese poco hombre? —Negué para tranquilizarlo.

—Nadie, absolutamente nadie, te hará daño mientras yo siga con vida, ¿me escuchaste bien? —acercó su frente junto a la mía tomando mi mano llevándola hacia su pecho.

—Lo sientes. —Afirmé con el rostro cabizbajo.

—Estos latidos los provocas tú, te amo y nadie, escúchame bien, nadie volverá a lastimarte. —Le di un fuerte abrazo, me sentía protegida.

—Amor, ¡espera! ¡Antes de seguir, mírame! —ordenó. Me negué—. ¡Eunice, necesito que me mires! —Me solté de él por un instante.

—Déjame ayudarte, en serio. No me alejes de ti. ¡Ay, Eunice! —Me abrazó y dejó un beso sobre mi cabeza.

—Valentino, yo...

—Me dijiste lo necesario, no quiero que traigas un recuerdo que aún te duele. Buscaremos ayuda. —Asentí llena de lágrimas a su respuesta.

—Espera, hay algo más —indiqué, y él arqueó una ceja mostrando preocupación—. Solo quiero decirte que... que ya puse la denuncia al fin. —Me miró sorprendido.

—¿Lo hiciste? —preguntó. Afirmé con el rostro.

—Y resulta que él ya tenía antecedentes. Ahora lo están buscando, Valentino. No quiero que alguien más sufra tremendo dolor, ya no. Imagínate si alguien vuelve a confiar en él. Mis padres nunca lo supieron, no quería causarles tal deshonra y preocupación. Además, ¿imagínate si se vengaba de mí haciéndoles daño a ellos? No me lo perdonaría. —Él negó como diciendo: «tú no tuviste la culpa».

—¡Haberlo denunciado es poco, amor! —exclamó. Pero negué.

—Valentino, yo... —enarcó sus cejas a la espera de mi respuesta, secando con sus dedos pulgares las lágrimas que descendían por mi rostro.

—Ese día intenté suicidarme, ya no podía cargarme la piel con algo que no me pertenecía.

Se quedó callado por un momento ante aquella infidencia.

—Tomé pastillas para desaparecerme de una maldita vez, pero no surtieron el efecto deseado. Algunos días después, solo sé que sangraba tanto cuando fui al baño, que no lo entendía. Fui al médico a escondidas, una de mis mejores amigas me ayudó y ese mismo día me enteré de que estaba embarazada y había perdido a mi hijo, al ser que quizá hubiese podido doblegar mi amor, hubiese sido mi motivación, mis ganas de vivir luego de tal atrocidad. No sabía que estaba esperando un hijo de él, de haberlo sabido no hubiera hecho lo que hice... Valentino, te juro que no lo hubiera hecho —confesé, arrepentida. Me eché al piso de rodillas y recosté mi rostro en la cama mientras negaba con lágrimas. Valentino se levantó con un único movimiento y me acompañó enseguida... Solo sabía que era tan necesario desahogarme.

—No, no cariño, no digas eso, tú no lo sabías. —Tomó aire tratando de digerir todo lo que estaba escuchando de mí. Él intentaba tranquilizarme, entonces fue por un vaso de agua y me lo trajo rápido.

—Eunice, bébetelo despacio, cariño —me indicó. Lo tomé tal como me lo pidió.

—Toda madre haría lo que fuera por salvar a su hijo, al punto de dar su propia vida si fuese necesario pero yo, yo no pude hacer nada, Valentino. Fui una cobarde, y eso no me ha dejado tranquila. Cada vez que veo a un niño pequeño, recuerdo ese vacío en mi vientre y... —expliqué dando otro sorbo de agua.

—Amor no te culpes por algo que no sabías, no te lastimes más. —Al rato me levanté de mi sitio, él hizo lo mismo, dejé el vaso cerca de la cama, me empiné en su dirección y lo abracé sin pensarlo dos veces.

—Te amo, y esto no hará que me aleje de ti; ¡estoy contigo más que nunca, ¿me escuchaste bien?! —confesó a mi oído mientras yo asentí con lágrimas sobre su hombro. Él me rodeó la cintura enseguida, dejándome sentir la fuerza de su amor y comprensión.

A LA SEMANA SIGUIENTE, me encontré sentada fuera del consultorio de la doctora Pereira, pues días antes había concretado una cita con su asistente. La sala de espera estaba vacía, mis manos sudadas y mi corazón agitado me hacían querer devolverme a casa; pero no, debía hacerle frente a esto. Aunque Valentino insistía en acompañarme, le pedí que esta vez, por favor, me dejara hacerlo a mí sola; era mi último recurso para sanar ese dolor que no me dejaba continuar con mi vida y con él. Fue difícil convencerlo de mi decisión, pero la terminó respetando. De repente, vi cómo la puerta blanca frente a mí se abrió. Escuché mi nombre. Los nervios se afloraron una vez más.

—¿Señorita Eunice Montiel? —cuestionó un joven. Supuse que era el asistente, por el uniforme. Asentí y me puse de pie enseguida. Acomodé mi pequeña bolsa a un costado, repasé mis manos por mi jean para secarlas antes de entrar. Sonrió con amabilidad.

—Pase, por favor. La doctora Pereira la está esperando. —Se hizo a un lado. Mientras ingresaba podía apreciar los diplomas y certificados colgados como cuadros decorativos en la pared, una planta en la esquina y un sillón, que a la vista podía decirse que era bastante cómodo. El lugar era acogedor.

—Daniel, que nadie nos interrumpa. —Escuché la voz de una mujer que venía con libreta en mano. Me dio paso a que me sentara, ella lo hizo después en lo que su asistente se retiraba del sitio. Nos saludamos.

—Bueno, Eunice, cuéntame: ¿qué te trae por aquí? —Esa pregunta me hizo tambalear al inicio, pero tragué saliva y me llené de valor para contarle todo lo que me había pasado. Era inevitable contener ese nudo en mi garganta. Me dio unos segundos para relajarme y continuar. Tocamos temas de mi infancia para descubrir cierto comportamiento inexplicable de mi parte en el suceso: mi falta de cercanía con mis padres, mi miedo a decir lo que sentía respecto a la violación y demás. Al tiempo en que yo hablaba, vi cómo la doctora tomaba apuntes, luego hacía preguntas muy profundas, tanto que algunas me llevaban al dolor que no quería tocar de nuevo.

—Eunice, en todo lo que me has contado, en ti sigue presente un sentimiento de culpa por todo lo sucedido, y es una reacción normal, humana, pero... —intervino con consejos para hacer más amena la introspección mientras yo analizaba sus palabras con detenimiento. Luego de algunos minutos concluyó registrando en su libreta los últimos detalles de nuestra conversación, miró su reloj de mano: la sesión de una hora había terminado. Me despedí de ella, salí del consultorio luego de programar la siguiente cita para continuar con el tratamiento. Sus palabras navegaban en mi cabeza a cada instante...

Al parecer, la decisión estuvo en mí durante todo ese tiempo y nunca lo quise aceptar. Admito que fue un proceso doloroso, pero debemos hacer algo. No podemos quedarnos sumergidos en ese suceso tan garrafal que un hombre o una mujer padece cuando es víctima de abuso sexual. Tenemos que salir de allí. Quizá no se tiene siempre el apoyo familiar, porque incluso a veces ni lo saben; no obstante, es necesario que **actuemos**. La justicia tarde o temprano llega, pero nosotros… ¿Qué sucede con nosotros mientras tanto? Nuestras vidas no pueden paralizarse por la actitud vil y cobarde de alguien herido por su propio pasado, o por la maldad enraizada en su corazón. La decisión está en nuestras manos para darle un sentido a nuestra existencia luego de atravesar esa situación tan difícil. Nunca estas solo o sola, ¡recuérdalo por favor! ¡Recuérdalo!

Los meses transcurrieron y las terapias me ayudaron mucho. Es cierto cuando dicen que, con voluntad y disciplina, se consigue lo que se desea. Mi intención era detener ese sufrimiento, el que había elegido habitar sin darme cuenta. Entendí que no podía curar una herida haciéndome otra dentro de ella. Aprendí que mi relación solo había sido el detonante para aceptar que yo debía hacer algo para sanar eso que dolía, o me perdía para siempre, lastimando incluso a quienes amaba.

Mi matrimonio empezó a ver los resultados de mis propios cambios. Me sentía menos dependiente, más sana y libre de temores, más segura de mí misma. Ya no me comparaba con nadie; sabía que era mi proceso, y entendía que yo no era quien para juzgar el de otro. Ya era más consciente de cómo gestionar esas emociones por amor y no por ego. Incluso, más adelante me encargué de participar en grupos de apoyo a personas que atravesaban el mismo camino y realizando también entrevistas para que las familias tomen mayor conciencia respecto a la salud mental y emocional de ellos y de sus hijos. Pero claro, esta vez de la mano de profesionales, y no con la información que solía encontrar a medias por internet.

Y sí, Valentino y yo al fin teníamos lo que tanto soñamos: *nuestro amor en libertad*, como el que merece cualquier relación consciente. Él dejó de ser codependiente, y también sanó sus inseguridades. Después de todo, una relación es un trabajo en equipo.

Por otro lado, luego del tratamiento noté que poco a poco la cercanía en la intimidad con Valentino se hacía más latente, y mis ganas de ser suya por completo ya no sabían cómo detenerse, al punto de...

«Creo que lo estoy disfrutando... al ritmo de Stonekeepers, *Landfall*».

EPÍLOGO

—YO CREO QUE, EN LUGAR de estar viendo esta aburrida conferencia, podría estar contigo en una de las habitaciones del hotel. ¿No crees, cariño? Salgamos de aquí —susurró cerca de mi cuello en discreto dejándome sentir su respiración. Sin duda ese comentario había logrado erizarme la piel. Negué con una sonrisa, miré a todos lados con disimulo. Tomé un poco de aire y, con discreción, lo solté ante su propuesta. Acepté dirigiéndole una mirada cómplice. Agarré mi cartera, la cual tenía sobre mi regazo, y me cercioré de que estuviera allí lo que debía mostrarle a Valentino. Con cautela, nos levantamos de nuestros asientos despacio. Le hizo señas a su personal de logística para que se quedaran a cargo de lo que necesitasen los anfitriones del evento. Luego nos salimos del auditorio.

Unos minutos después, estábamos en la habitación máster que siempre utilizábamos para nosotros. Sí, en el piso nueve. Entramos, cerró la puerta detrás de él y, enseguida, ambientó el lugar bajando el *blackout* de las ventanas con el control remoto para atenuar la luz de la habitación y encendió la de una pequeña lámpara que estaba cerca de la antesala.

No perdimos más tiempo, Valentino me alzó de un solo movimiento con sus fuertes brazos, tomándome del trasero mientras mis piernas rodeaban su cintura, abracé su cuello y empecé a dejar besos cargados de pasión en sus labios, a los que él correspondía.

Me acercó al mesón elegante del recibidor de la habitación para sentarme, mientras desabotonaba su americana blanca que le quedaba tan bien ajustada al cuerpo. Solté mi cabello largo, acomodándolo de una forma seductora, me apuré en retirar sus lentes de pasta negra y los dejé a un costado, mis piernas lo rodearon una vez más, acercándolo a mí. Él sonreía a mis caprichos, me besaba de una forma tan ardiente mientras, con sus curiosas manos, acariciaba mi espalda y cintura baja... Mi cuerpo se encendía a su cercanía.

Nuestras miradas penetrantes, perdidas una con la otra, divagaban en eso que queríamos. Sus manos bajaron los tirantes de mi vestido color vino, los deslizó para exponer mi *bralette*, dejó un beso húmedo en mi hombro desnudo, luego mordió despacio el lóbulo de mi oreja. Sentí un calor tremendo recorrer mi cuerpo. La pasión en sus ojos hizo que se terminara de sacar su camisa y la dejara caer al suelo con intrepidez, al igual que mi ropa dejándome en una sexy lencería de dos piezas. Entonces, nos movimos del sitio, caminamos en dirección a la cama sin dejar de besarnos. Lo tumbé enseguida, quedó casi tendido, gesto que le generaba más expectativa y lo volvía loco, se apoyó sobre sus codos, su mirada estaba prendada en mí.

Me coloqué encima de él despacio, me encantaba sentir el roce de nuestras pieles, ver su pecho desnudo, su sonrisa provocativa... entonces bajé hasta su abdomen de manera lenta con un recorrido de besos suaves hasta llegar a ese lunar tan sexy que estaba justo arriba de su ombligo; disfrutaba verlo sensible a mi tacto, a mi lengua, observarlo entreabrir sus labios a cada caricia, y cómo su mirada se tornaba más profunda y aquietada era demasiado excitante. Luego se sentó y, de forma inesperada, me colocó en horcajadas frente a él para presionar mis caderas con sus manos; subió hasta mi cuello y dejó una mordida suave, la que me obligó a soltar un gemido sin notarlo.

—¡No tienes idea de cuánto me encantas, ehmm! —exclamó, juro que su voz tan varonil era un bendito orgasmo y, dándome una repasada rápida, besaba mis hombros.

Acarició mis labios con su dedo pulgar mientras me miraba de una forma tan sexy; disfrutaba de su camaradería, mojaba sus labios como si provocarme le causara placer.

—¡Te estás demorando! —solté sin más, al tiempo en que él procesaba mis palabras con su rostro tan deseoso. Asintió y estiró despacio mi labio inferior.

Yo susurraba cosas en su oído, eso lo llevó a desprender mi *bralette* dejándolo caer en la alfombra afelpada que estaba debajo de la cama; bajó a uno de mis senos, lo acariciaba ligeramente para lamerlo. Lo succionó una y otra vez, lo cual me hacía delirar... luego fue por el otro.

—Sigue, sigue.

Mis dedos se perdían en su cabello, mientras mi rostro ladeaba de un lado a otro al sentir su lengua, su respiración. La mesura no existía en ese momento: nuestros sentidos más primitivos salieron a flote, desabotoné su pantalón, él sonrió ante mi atrevimiento y enarcó su ceja de una forma tan sensual.

Me ayudó a quitárselo tratando de acomodar el tiro rápido, nos levantamos de la cama, me arrimó sutilmente a la pared de pie, se retiró su bóxer sin despegar su mirada de la mía y, cuando se acercó, le di una repasada completa, su pecho, su abdomen, sus trabajados brazos, luego sentí su erección tan firme como siempre cerca de mi muslo interno. Lo miré y negué con una sonrisa, mis manos atraparon su cuello, resbalaron hasta su pecho y un poco más... Cerré los ojos para dejarme llevar por aquello que quería sentir con él en este lugar que nos traía tantos recuerdos. Entonces bajó a mi vientre con besos sin quitarme la mirada de encima, era tan exquisito...

—¡Si vas a hacerlo, hazlo ya antes de que me derrita! —confesé y él soltó una carcajada divertida a la que acompañé también. Se puso de pie.

—Me encanta verte sonreír, no tienes idea de cuanto lo disfruto —musitó.

—Y a mí ni me lo digas, amo verte así, pero si no te apuras... —interrumpió con un beso sobre mis labios luego de escuchar eso último.

Valentino se sentó sobre sus talones de nuevo, no lo dudó ni dos veces: con sus manos atrapó mi cadera, sus labios sujetaron mi ropa interior de encaje, la bajó con suavidad y la soltó al llegar a mis tobillos. No se lo confesé, pero en ese momento, al verlo ahí, desnudo y de rodillas sentí que era mi sumiso.

—¿Te gusta? —Cerré mis ojos soltando un gemido, sin duda ese gesto hizo que me estremeciera sin piedad. Nuestros cuerpos ardían por hacerse uno... escapamos un par de jadeos.

—Sí. ¡Sigue Valentino!

—Amor, estás demasiado húmeda. ¡Qué rico! —expresó mirándome a los ojos, al tiempo en que introducía sus dedos dentro de mí para convulsionarme y desquiciar mis ganas de poseerlo. Siempre dije que sus manos hacían magia.

—¡Wow, esto se siente tan bien! —confesé al sentir que su lengua rozaba mi piel, y la entrada de ese espacio donde se escurría mi sexo. Eso hizo que inclinara mi cabeza despacio hacia atrás, disfrutando del movimiento. Noté que mi propia respiración se empezaba a entrecortar, mi espalda se arqueaba al ritmo en que succionaba mis pliegues con su boca, los lamía. Mis manos agarraron su cabello y lo acercaron a mi parte baja, en sincronía. Mi imaginación volaba, y más complacida no podía estar.

Pasaron algunos minutos así. Luego de acariciarme con besos húmedos en medio de mis piernas, al punto de hacerme enloquecer, se levantó y tomó mi mano para acercarla a su dura erección. Entonces empecé a acariciarlo de arriba abajo. Soltaba gruñidos que me encantaban. Aceleré con mi mirada, fija a la suya. Sus labios se entreabrían.

—Ufff, si sigues así puedo correrme en cualquier momento, ¡eh! —Negué en desacuerdo.

—No, aún no, caballero —ordené de una forma sensual. Sonrió, se zafó de mí despacio, colocó mis manos sobre sus hombros, las bajé hasta su abdomen. Me encantaba sentir sus marcas tan musculosas y jodidamente excitantes a la vista.

Nuestras ganas de poseernos aumentaron como si estuviéramos recuperando el tiempo perdido. Sentía cómo su corazón latía de forma frenética cerca del mío. Enseguida soltó un gruñido cuando agarré su ejercitado trasero por sorpresa; me miró con picardía y sonrió ante mi osadía.

—¡Quiero que seas mía! —susurró, mis manos se deslizaban por su espalda baja.

—Yo también lo quiero.

—Eunice, cariño —repetía mi nombre y su escaso aliento se agitó mucho más de lo normal.

Sentí que estaba entrando en mí al tiempo en que decía que me amaba. —Asentí haciendo presión con mis manos en sus fuertes brazos, tras sentir su estocada. Mi mirada y la suya seguían conectadas una con la otra. Mi cuerpo empezó a estremecerse de placer al sentirlo moverse dentro de mí, despacio y después más rápido. Esa fricción tortuosa me llevaba a soltar gemidos que derrochaban éxtasis a sus oídos.

—¡Valentino!

—Dime mi amor.

—Me fascina. Sigue, por favor, no te detengas. —Mi pierna rodeaba sus glúteos una vez más, él cerraba sus ojos como si viajara a otra galaxia, entreabría su boca soltando jadeos, sus embestidas eran firmes y profundas, lo que me dejaba sentir su virilidad. Entonces, sabía que en cualquier momento llegaría el punto en que empezaría a sentir su clímax dentro de mí.

—¡Te amo, Valentino!

—¡Yo más! —confesó, precipitado. Agarraba mi pierna con fiereza mientras yo mordía despacio su barbilla, luego lo besé y estiré despacio su labio inferior. Sabía perfectamente que eso lo prendía.

—¡Me tienes loco, Eunice! —dijo con voz entrecortada, al tiempo en que se apresuraba mucho más; los minutos se pasaban sin permiso.

—Eunice, mi amor... —Cerraba los ojos, presionando sus labios con fuerza.

—¡Valentino! Si sigues así voy a... —exclamé al sentir una revolución de hormonas recorriendo todo mi cuerpo, casi a punto de estallar.

—Espera, mi cielo, quiero venirme contigo. —Sus besos hambrientos, cargados de deseo, me hacían tiritar; mis pechos erectos rebotaban con nuestro movimiento, su abdomen subía y bajaba, el sonido de nuestros cuerpos al chocarse era una perdición.

—¡Esto se siente jodidamente delicioso! —exclamó en medio de jadeos mientras que, con una mano, acomodaba un mechón de mi cabello, el que se había adherido por el sudor en mi frente.

—¿Caliente? —lanzó y negué.

—¡No creo! —respondí sonriente. Entonces, en desafío, me dio una nalgada y sus embestidas se volvieron más profundas, lo cual me hizo vibrar de placer y soltar un gemido fuerte y extasiado. El disfrute se le notaba en la mirada.

En lo que duraba el acto, nuestros cuerpos siempre se armonizaban bajo una sinergia de pasión desbordante y efusiva. Y eso, para mí, era realmente algo fascinante.

«Estoy en otro planeta».

—¡¿Me crees si te digo que ya mismo voy a acabar?! —soltó. Me presionaba los glúteos con la fuerza de sus manos, en cada empuje automático de su cadera contra la mía. Era inevitable no escuchar cómo nuestros gemidos se perdían en toda la habitación.

—Hazlo, mi amor, ¡quiero sentir todo de ti!

Cerré mis ojos, me estampó con besos cargados de lujuria. La brusquedad se perdía en medio de tanta excitación. Sus embestidas fueron más rápidas, profundas y sincronizadas, tanto que no pude esperarme más...

—Me vengo, amor. —Nuestras miradas se encontraban fijas.

—Yo estoy cerca, Eunice.

—¡Sí!

—¡Sí, mi amor! —Entonces, sentí cómo mi intenso orgasmo palpitaba y presionaba su miembro con fuerza, algo que lo hizo divagar y liberar gemidos que me estremecían, al punto de hacerlo alcanzar su propio clímax también. Mordió su labio inferior y soltó un jadeo de placer extremo. En mi mente, un destello de fuegos artificiales acrecía. Mi rostro se afirmó cerca de su cuello, mis gemidos eran más y más fuertes.

—¡Te amo! —Sentí como su cuerpo se adhería al mío, mis uñas se clavaron en su espalda desnuda; el erotismo se adueñaba de nuestros cuerpos. Fueron segundos explosivos y mágicos que no terminaban todavía. Caímos rendidos en la cama.

—Me fascinó Valentino —alcancé a decir, en un intento por recobrar la respiración y los latidos; la satisfacción tan fecunda se destilaba con olor a sexo en la habitación.

De repente, lágrimas de felicidad corrían por mis mejillas al saber que este lugar también había sanado por completo el recuerdo de la noche de bodas y, que aquella frase que rumiaba mi pasado ya no lastimaba, hoy simplemente era la puerta a un nuevo universo con la persona que amaba.

«Debo estar bien». Además, debía contarle algo muy importante a Valentino.

—Amor, ¿qué pasó? —Negué.

—Es solo que me siento tan tuya y mía, cariño —expresé. Entonces, besó mis labios bañados en éxtasis con dulzura.

—Ahora más mía, ¿cierto? —indicó, agravando su voz, y yo afirmé mientras acariciaba su rostro.

—Me encanta tu cuerpo, tus ojos color café claro y tu sonrisa; no sabes cuánto la amo.

—Me sonrojas tonto —dije entre risas—, pero es algo que ya sé.

Sonreímos.

—¿Cómo te sientes?

—Yo solo puedo decir que acabo de tocar el cielo y, si este no existe, tú siempre te esmeras en construirme uno —confesó. Negué divertida, y mis lágrimas cesaron a su ocurrencia; él parecía más poeta que yo.

—¡Me encantó, mi amor! ¿Y a ti? —indagó.

Acaricié sus mejillas, sus ojos negros me observaban con detenimiento; me enamoraba. Decidí responder con un beso largo, mientras él me rodeaba por la cintura y me apegaba más a su cuerpo.

Lo volvimos a hacer un par de veces más... y en todas me sentía más suya, era demasiado romántico ver como recorría cada espacio de mí y yo el suyo. Fue hermoso y sanador el hecho de saber que me podía entregar a él, que nos disfrutábamos sin prejuicios, en total libertad. Parecíamos un par de adolescentes, nuestros lenguajes de amor se entendían bastante bien, y sí, definitivamente, las relaciones se pueden recuperar si ambos están dispuestos a poner de su parte. No se trataba de luchar, sino de hacernos cargo de nosotros mismos para avanzar. La vida, en su infinita sabiduría, siempre dejará retos, circunstancias para tu aprendizaje, oportunidades para tu crecimiento, todo está en la forma en que lo gestionas, cómo los afrontas: desde el amor o desde el sufrimiento. Día a día, se presentarán dudas, o ciertas inseguridades; es normal, somos humanos, pero el punto es que, al menos ahora, las reconoces, eres consciente de aquello, y **eliges** cómo actuar en presencia de aquellos miedos.

Nadie reemplaza a nadie, y sí, quizá esa persona, a quien llamamos *amor* a la primera, no siempre lo resulte. Hay amores que solo son estación, que aparecen para mostrarnos lo que debemos atender de nuestras emociones, de lo que huimos, de lo que nos cuesta hacerle frente... Ese dolor o herida que queremos que sanen por nosotros pero que no funciona así; si bien, es cierto, hay sucesos imprevistos que a cualquiera les puede acaecer, pero está en nosotros saber en qué momento elegir levantarnos, aprender y continuar, o quedarnos lamentando por el resto de nuestras vidas, dejando de vivir el aquí y el ahora.

Más tarde, ya bañados y recostados envueltos en nuestra cama, mientras él acariciaba despacio mi cabello, su brazo me rodeaba la cintura y mi rostro se recargaba sobre su pecho desnudo.

—Amor, te tengo que contar algo.

—Ajam. Dime, cariño.

—Espérame un momento déjame ir por mi bolsa, *¿okay?* —Él, un poco curioso, asintió a la expectativa de lo que tenía que decirle.

Me levanté de la cama despacio, y aprovechó la oportunidad para dejarme una nalgada, lo que me hizo voltear y negar con una sonrisa, él guiñó un ojo. Luego caminé en dirección a la mesa del recibidor, mientras me observaba casi desnuda pasear por la habitación; le encantaba. Agarré la bolsa y sus lentes. Cuando me giré, sonreí al coincidir con su mirada indiscreta. Entonces, tomé una bata corta del porta ropa y le lancé su bóxer, el que atrapó en el instante, nos pusimos estas prendas. Debía darle una gran noticia, así que quería su concentración en aquello.

Me acomodé, muy emocionada, en la orilla de su lado de la cama; él se sentó recargándose en el espaldar para ver de qué se trataba, se colocó sus lentes. No quería por nada del mundo que se perdiera los detalles.

—Bien, te escucho, amor mío.

—Valen, ¿recuerdas que envié un par de escritos a la editorial como propuesta? —Afirmó con su rostro.

—Pues... Este es el resultado, ¡tarán! —Saqué del bolso el primer ejemplar de mi libro, él sabía lo que significaba esto para mí.

Abrió sus ojos con sorpresa para digerir la noticia.

—¡Wow!, ¡esto es fantástico mi amor! Te publicaron la novela que tanto querías.

—Sí, mi cielo, es un sueño hecho realidad. Pasó mucho tiempo entre correcciones y demás, pero al fin está aquí. —Se puso muy contento y dejó un beso en mis labios para felicitarme. Le extendí el libro, lo tomó y empezó a darle una ojeada.

Lo que Valentino no sabía era que, dentro del libro, había incluido un separador elegante donde tenía impreso un mensaje para él en letras cursivas y bonitas; sí, la verdadera y gran noticia de la felicidad que me inundaba. Tenía que anunciarle, de alguna manera, que venía un bebé en camino.

Pasaron algunos minutos y ya me moría de alegría por dentro, pero quería ver su reacción cuando tropezara con esa página y lo notara al fin.

—¡Amor, está lindo, me gusta la portada! ¡Se nota el trabajo!

—Sí, a mí también me encantó —respondí, inquieta.

—Espera, estas ilustraciones de aquí están bellísimas, y mira también te vino un marcapág... —Sus palabras se detuvieron cuando terminó de leer lo que este decía. Tragó saliva, fueron segundos de silencio, luego levantó su mirada hacia mí.

—Amor, ¿estás...? —Asentí. Sus ojos empezaron a cristalizarse, sonrió, llevó su mano por su cabello, luego presionó el puente de su nariz, confundido. Vi cómo negaba con lágrimas, emocionado, se quitó sus lentes.

—Mi amor, ¿vamos a ser padres? —Afirmé con el rostro, me puse más sensible al verlo así, tan frágil y sentimental. Ya tenía cinco semanas de embarazo. Había tenido un retraso, entonces, me hice algunas pruebas y todas confirmaron un positivo. No quería ilusionarme en vano, así que me realicé un chequeo médico y, con una prueba de sangre, me confirmaron que estaba esperando un bebé.

—¡Dios mío! Te amo, Eunice. Gracias, ¡gracias por darme esta magnífica noticia, mi amor! —expresó, tembloroso; nunca lo había visto así. Lo abracé y dejé un beso sobre sus labios. No me pude contener, nuestras lágrimas, sin duda, eran de felicidad.

Se sentó en el borde de la cama junto a mí, tomó mi mano y la colocó sobre su pecho; sentí cómo su corazón palpitaba con desenfreno.

—¡Seré padre! Eunice, ¡seremos papás! —Afirmé con una cascada de lágrimas.

—Sí, cariño, serás el mejor padre del mundo. —Bajó su mirada a mi vientre, el que aún estaba plano, lo acarició con suavidad, sonrió de la emoción. Tomó mis manos, besó mis nudillos; luego me miró como solo él sabía hacerlo, él tenía esa facilidad de llegar a mí como nadie nunca lo había hecho.

—¡Te amo, Eunice! Te amo tanto, mi amor, ¡gracias! Nuestra familia estará contenta con la noticia. —Asentí emocionada. Alcanzó mi barbilla y la levantó hacia él para dejar un beso lento cargado de ternura.

Luego de tomar las riendas de mi vida, volví a creer en el amor. Sí, en ese amor que llega sin tantas complicaciones, que viene resuelto, no es perfecto pero que a la vez es tan humano y real; ese que te encuentra, más sano y más listo que nunca, ese que no esperas, pero que se asoma para caminar de tu mano, sin juicios, respetando tus procesos, ayudándote a crecer, ese que ama, confía, ese amor al que le puedes llamar «hogar» dondequiera que te encuentres. Ese amor que aparece cuando decides hacer las paces contigo mismo y ya no buscas afuera lo que sabes que hay dentro de ti. Y Valentino, sin lugar a dudas, se había ganado ese espacio.

—¡Te amo, mi cielo! Y gracias de verdad, ¡gracias por haberme comprendido todo este tiempo! —musité mientras nos pusimos de pie y nos fundimos en ese mágico y fuerte abrazo que entremezclaba tantas emociones a la vez.

Entonces, fue ahí donde me di cuenta de que las ausencias del pasado no se llenan con nada, solo les das el lugar en tu vida, en tu recuerdo, en tu aprendizaje, y en tu corazón.

115

FIN

AGRADECIMIENTO

A mi Creador.

A mis padres, por enseñarme a persistir en lo que se desea, con amor y dedicación.

A Steven y Mafer, por la confianza que depositaron de primera mano en esta historia. Gracias por darle el sello de Editorial Madriguera, una casa que me vio crecer en este mundo literario. Gracias por ese aprecio y apoyo incondicional.

A Félix, mi gran amigo, por los ánimos y consejos de siempre en el mundo de las letras.

A Nati, por la paciencia que me tuviste en el proceso de edición y maquetación los cambios a última hora y demás locuras mías, de este, mi tercer hijo literario, y por los consejos. Me llevo mucho aprendizaje y me quedo con una bonita amistad.

A Mirella Cesa y Daniel Valencia por esa bella composición de la canción *En ti* y a mi querido Pablo Jara por su maravilloso tema *Dos mentirosos*, tremendos referentes de la música ecuatoriana. Gracias de verdad por aceptar cerrar con broche de oro las escenas de Eunice y Valentino. ¡Fueron precisas!

A Paúl, mi cómplice en las portadas de libros; me enamoré de esta. Gracias por hacer magia con tu arte amigo mío y por las sugerencias en la novela. ¡Qué haría sin vos!

A Selena y Evelyn por ser mis increíbles lectoras beta, por su tiempo, predisposición y consejos. De verdad millón gracias.

A cada lector(a) que le sigue apostando a mis letras. Sin ustedes nada de esto sería posible.

A Carlos, por el cariño, el apoyo, por creer en mi trabajo y en mí. ¡Gracias, siempre!

CARTA DE LA AUTORA

Desde ya, todo mi agradecimiento para ti, por haber llegado hasta esta parte de la historia. Espero de todo corazón que la hayas disfrutado tanto como yo al escribirla. Y, como muestra de ese agradecimiento, quiero compartirte algo súper especial para mí, y que hoy quiero que sea tuyo también.

Y me refiero a lo que inspira, a lo que hay detrás de un libro, a su esencia; confiando en que te has leído la historia completa (por los *spoilers*), mencionaré algunos puntos que para mí fueron súper relevantes en su composición. ¡Arrancamos entonces!

¿Tomó tiempo escribirla?

Sí, la idea estaba dándome demasiadas vueltas en la cabeza; esa historia tenía que salir ya. La escribí en cuatro horas nocturnas pero, obviamente, la corrección se tomó su tiempo (meses), entre ideas nuevas, escenas inesperadas, y más… Bien dicen que, cuando terminas una historia, es allí donde empieza el verdadero trabajo; pero si te apasiona hacerlo, lo disfrutarás.

Tip: Si te gusta escribir, sigue leyendo y sigue escribiendo. Suena obvio, pero la práctica nos va ayudando. Aprender día a día, es una constante para todo. La esencia está en que puedas hacerte aquella introspección, sentirla, vivírtela mientras la escribes. No temas indagarte, conócete.

¿Hubo investigaciones en la historia?

Sí, el tema me envolvió tanto que me demandó investigar casos verídicos, sobre lo que es el «acoso y/o abuso» en sus diferentes formas, incluyendo ciertas cosas desde mi percepción, para traerlo a la realidad de mis personajes.

Siendo un tema tan delicado y real en nuestra sociedad, tuve que tomarlo con pinzas, respetando susceptibilidades y criterios personales. Somos humanos, y se vale sentir y emitir nuestro punto de vista sobre algo, pero también la idea era dejar un mensaje detrás de la historia con mucho, mucho tacto. Por eso traté, en lo que más se pudiera, no polemizar de manera innecesaria y dirigirla a un público adulto. La historia no está vinculada con ningún movimiento político, social, etc. Mi intención es únicamente la de recordarle a aquella persona que padeció algún tipo de abuso en su vida —sea de este tipo, o haya sido verbal, emocional, físico...—, que puede levantarse, que comprenda que hay herramientas y recursos profesionales de los que se puede servir para recuperarse de una difícil situación. Después de todo, somos diferentes y nadie lo asimila igual que el otro. Es un proceso personal y voluntario. Tómalo como mejor te sirva. Ese es el objetivo del libro.

¿De la poesía a la narrativa erótica?

Para mí, las escenas subidas de tono representaron un reto tremendo, desde mi punto de vista, para que la mente pudiera recrearlas como tales. Hubo un momento en que tuve que decirme: «Olvídate de tus prejuicios, Eunice y Valentino son otros seres que deben experimentar su vida». Y eso fue lo que hice, me salí del libreto y los dejé ser, ¡a su total antojo! Amo la poesía, soy autora de dos poemarios titulados *El desvelo de mis versos* y *Secuelas*, pero puedo decir que he disfrutado al explorar un nuevo género ligado al romance erótico con esta historia. Aunque, como habrás notado, no me pude contener al principio del libro con el poema.

¿De dónde nace el título?

En mi cabeza rondaba una pregunta existencial: ¿qué pasaría si una relación se terminara a causa de «la inexistencia de intimidad»? Sin temas relacionados a infidelidad, ¡claro! Entonces, una mañana, mientras salía de casa con vistas al río e iba rumbo a la oficina, mi mente estaba volando en aquello, hasta que me dije: «debes plasmarla ya», y el título vino solo. Fue mágico, lo sentí, debe llamarse *No puedo hacerte el amor*, quería que representara la difícil situación de mi protagonista, al lamentarse no poder consumar lo que tanto deseaba con su pareja.

¿Qué hay detrás de Valentino?

Quería esta vez jugar con un personaje comprometido en una relación matrimonial, comprensivo, atento, detallista, fiel. ¡Algo con lo que sueñas, ya sabes! Ok, no, pero también con sus defectos. Siento que lo hice pensando en una relación cotidiana, con discusiones, celos, pasiones y demás. En cuanto a sus *outfits*, me encantaba verle su lado ochentero, visionario, soñador, y lo comprometido que era con lo que le apasionaba: su amor. Sin duda, su demostración de amor me encantó, aunque el pobre la tuvo que ver «verdes» en casi toda la historia, al final, ¡obtuvo su recompensa por dos!

¿Qué hay detrás de Eunice?

¡Wow, ella sí que me puso mal muchas veces! Al inicio, me tenía un tanto «ya no quiero verla sufrir» con el tema de sus inseguridades. Esto era como regresar a lo que en su momento terminamos siendo en alguna relación: inestabilidad, celos, dependencia emocional, miedo al rechazo, a la soledad, el abandono, desmerecimiento; tantas emociones, pero me reconfortó ver su evolución cuando se hizo cargo de todo lo que llevaba consigo y logró despedirse de esos miedos, de ese horrible pasado que no la dejaba avanzar, aceptando que podía ser feliz, y que la decisión estaba en ella.

Confieso que fue una experiencia bastante intensa, pero me enseñó tanto. Cuando escribí la escena en que empezó a contarle a Valentino lo que le había sucedido años atrás, ¡Dios, eso fue demasiado *heavy* para mí! Lloré al verla soltar eso que la carcomía, verla valiente, decidida. Su evolución me dejó sorprendida, pero ¡qué orgullosa me sentí de su papel! La extraño tantito, pero su rol era estar en esta historia y dejarnos una valiosa lección. Por otro lado, su caracterización me permitió liberar sentimientos contenidos de lo que viven tantas personas día a día, y a veces no lo sabemos, ¿cuántas historias llevamos a cuesta?

Cuando comprendemos que el amor y la empatía son valiosos a la práctica, valoramos más lo que decimos y hacemos, cuidando cualquier comentario/acción, reconociendo que quizá alguien no la puede estar pasando bien, detrás de un sarcasmo, una «broma», un «eres muy sensible» o al contrario, «parece que no tuvieras sentimientos», «eres frío», hay tanto detrás de aquello. Si respetamos al otro ser con amor, estamos reconociendo que, al igual que nosotros, merece vivir su proceso; pero, eso sí, nunca dejemos de atender nuestras emociones a tiempo. Ten presente, que si hace fricción dentro de ti, hay algo por trabajar. Allí radica nuestro verdadero crecimiento.

Pensemos y sintamos antes de soltar lo que vayamos a decir, recordemos que el ser que nos creó es amor en esencia, y tú eres una manifestación de aquello. No eres tus pensamientos, eres quien los opera, y puedes avanzar, sí, claro que lo puedes hacer, si así lo deseas, con y por amor a ti y a quienes te rodean.

Enseñémosles también a nuestros pequeños que pueden confiar en nosotros, brindémosle ese espacio de confianza, explicándoles que nadie puede sobrepasarse con ellos y que estaremos prestos a ayudarlos. En esto no hay tabúes, debemos ser claros.

¿Pensaste en el final?

Este es un dato curioso. Creo que en toda la historia esos desaires involuntarios de Eunice me tenían como con un «ya, pues», pero me aterrizaba al recordar el por qué, así que pensé en que la historia debía cerrar haciendo lo contrario a su título, HACIENDO EL AMOR.

Desde ya, te agradezco enormemente por haber vivido esta historia conmigo de principio a fin. Gracias de todo corazón, lo aprecio y valoro.

Y bueno, confieso que he disfrutado compartiéndote los secretos de este libro, y me encantará saber cuál fue tu parte favorita, con qué personaje te identificaste y lo que significó para ti esta historia. Ya sabes que me puedes encontrar en mis redes sociales como @eldesvelodemisversos o escribirme a mi número (+593) 989614542. ¡Me encantará leerte!

Te abrazo y me despido con cariño, esperando coincidirnos en una próxima ocasión.

Kerly Palacios Escobar.

ÍNDICE

www.ingramcontent.com/pod-product-compliance
Lightning Source LLC
Chambersburg PA
CBHW020726160726
47993CB00006B/2367